# LE BÛCHER DES CERTITUDES

BERNADETTE PÉCASSOU

# LE BÛCHER DES CERTITUDES

roman

ALBIN MICHEL

# Prologue

1609. La France est loin d'être unifiée, créer cette unité est la volonté d'Henri IV. Son obsession. Une seule langue, un seul roi pour un seul pays. Et éradiquer la sorcellerie, surtout celle qui sévit en terre basque. Il envoie un homme, Pierre de Lancre. Il lui donne les pleins pouvoirs. C'est écrit, signé de sa main, entériné dans un décret du 6 juin par le parlement de Bordeaux.

Par un matin brumeux, casque de fer sanglé sous le menton tel un chef de guerre, Pierre de Lancre arrive à cheval en vue de Bayonne à la tête d'une inquiétante caravane qui la suit sur les chemins poussiéreux. Grand, large d'épaules, habitué à entraîner son corps en même temps que son esprit, il appartient à la meilleure société. Il en a l'assurance et le port, l'élégance aussi. C'est un homme de droit et de mission, il adapte ses manières à son but.

Sur ces terres, la vie est rude mais la solidarité très forte, et la cohésion de la communauté, puissante. Sans compter cette langue étrange qui tisse entre les habitants un lien unique, à défaut de faciliter les échanges, comme Pierre de Lancre ne va pas tarder à s'en apercevoir.

# 1

La brume s'est dissipée. En ce début d'été une chaleur écrasante est tombée sur le pays. À l'abri des ruelles étroites, les passants rasent les murs. Dans la pénombre d'une église, Graciane lave à grande eau les dalles de pierre. Cette jeune femme ne pense ni à ce qu'elle fait ni à Dieu, mais à Peyo, qui a embarqué à Saint-Jean-de-Luz pour une terre lointaine. Son fiancé s'est engagé au dernier moment avec son ami, Andrès, pour chasser la baleine, plutôt que de travailler une terre qui ne donne presque rien. De ce continent lointain, elle ne connaît que le nom : Terre-Neuve.

« Ne t'inquiète pas, ma Graciane. Je reviendrai vivant. Je tiens trop à toi pour aller mourir en mer comme un imbécile. » Il avait éclaté de rire, puis lui avait tendu sa cape brune de berger. « Promets-moi de la serrer toujours bien fort contre toi, comme ça je serai toujours là pour te protéger. »

Sans attendre, elle l'avait posée sur ses épaules et attachée sous son cou avec le joli bouton de buis qu'il avait fabriqué. « Je la mettrai tous les jours. »

Il l'avait embrassée, et les yeux pleins de larmes elle l'avait regardé embarquer sur l'océan le plus dangereux du monde. Graciane a toujours entendu les marins dire qu'en haute mer l'Atlantique nord soulève des vagues immenses, aussi infranchissables que des murs et aussi dures que la pierre. Au dernier retour de saison, il manquait huit hommes. Une baleine les avait entraînés dans les fonds. Graciane essaie de chasser de son esprit la vision des corps flottant dans les abysses, et prie Dieu de lui ramener Peyo vivant. Elle n'a plus que lui et Iban, son frère de lait. Orpheline, elle a été élevée par les parents de ce dernier. Iban est prêtre, il est aussi l'ami d'enfance de Peyo, à qui il a promis de veiller sur Graciane.

« Ne te fais pas de soucis, Peyo. J'ai besoin d'une marguillière, elle travaillera dans mon église et Notre-Seigneur veillera sur elle. »

Graciane apprécie le calme et la fraîcheur de l'église d'Iban. Elle aime son travail et le fait avec sérieux. Jamais la maison de Dieu n'a été si soignée, si fleurie. Elle est devenue son refuge. Là, isolée du monde réel, elle imagine son avenir avec Peyo. Il lui a dit qu'il partirait juste le temps de gagner suffisamment pour échapper à la servitude. Alors elle pense à leur future maison, avec un pré peut-être et des animaux. Elle jette un coup d'œil à ce Dieu sur son trône doré. La voit-il ? L'entend-il ?

Aujourd'hui, elle s'apprête à laver chez elle les nappes brodées des autels. Quand elle sort de l'église les bras chargés, elle voit un impressionnant cortège déboucher sur le promontoire. À sa tête, Pierre de Lancre n'en croit pas ses yeux.

Que fait cette femme dans la maison de Dieu ? Comment peut-elle en détenir les clefs ? Seuls les hommes d'Église ont droit à cet honneur. Et pourquoi a-t-elle les nappes liturgiques dans les bras ? Une voleuse ! Une voleuse au service de Satan ! La caravane s'arrête dans un silence brisé seulement par le piétinement et le souffle des chevaux. Dans la tête de l'envoyé royal, les conclusions sont rapides. Le roi a raison, le diable est partout sur ces terres, et menace gravement la stabilité du pays.

En ce début du XVII^e^ siècle, son existence ne fait aucun doute. Jean Bodin, la référence humaniste du moment, a écrit noir sur blanc que le diable envoie ses émissaires pour corrompre les hommes. Pierre de Lancre a étudié ses œuvres, il s'en est imprégné, comme il a été fasciné par le *Malleus Maleficarum*. Il s'est forgé aux idées de son temps, d'autant que son père l'a obligé à l'étude avec grande sévérité. Si l'enfant en a souffert, l'homme qu'il est devenu le remercie. Car aujourd'hui, c'est grâce à ce parcours d'excellence que le roi l'a désigné pour diriger cette mission hors norme.

De là où il se trouve, les toits rouges de la ville de Bayonne brillent au soleil, et les eaux de l'Adour éclaboussent de lumière les coteaux environnants. À la lisière de sombres forêts se déploient des prés d'un vert intense, impeccablement dessinés, et en fond de ce paysage harmonieux les sommets pyrénéens superposent leurs lignes précises telles des images de contes anciens. Le pays est beau à arracher des larmes. Pierre de Lancre est ému. Lui et les siens viennent de cette terre sublime. Un souvenir lui revient en mémoire. Il se revoit enfant dans le bureau du chai familial, une carte de géographie vient d'être accrochée au mur. Émerveillé, il la parcourt.

« Bordeaux, Béarn, Bigorre, Biscaye... » Il manque un nom. Il le cherche, en vain.

« Où est le Pays basque, papé ? »

Sans lever les yeux de ses papiers, son grand-père répond : « Oronce Fine, le géographe du roi, connaît son affaire.

– Mais...

– S'il n'a rien mis, c'est qu'il n'y a rien à mettre. Le Pays basque n'existe pas. »

Et comme le petit Pierre semble insatisfait de la réponse, il ajoute : « Le Pays basque est une terre de miséreux. Oublie-le. Aujourd'hui, tu es un Bordelais, héritier de vignes et de vin. Tu viens d'une terre riche et noble. »

– Que se passe-t-il Pierre, pourquoi cette halte ? Tu as vu quelque chose ?

Jean d'Espaignet, membre de la caravane et juge comme lui au parlement de Bordeaux, a avancé son cheval, intrigué.

– Il n'y a rien, s'empresse-t-il de lui répondre. Repartons !

Entre-temps Graciane a disparu, et Pierre de Lancre peste contre sa propre inconséquence. Qu'est-ce qu'il lui a pris de se laisser distraire par une bouffée de nostalgie alors qu'il venait de surprendre une femme dans une situation des plus anormales ? Son grand-père et son père lui ont appris à se méfier de toute séduction, y compris celle d'un paysage. Que d'hommes il a vus se ruiner pour des propriétés, des femmes, des tableaux ou des bijoux. Leur inconscience a entraîné leurs familles et leurs biens dans leur chute.

« Quand c'est trop beau, répétait son grand-père, méfie-toi. Le diable n'est jamais loin. »

Pierre de Lancre a tout pour lui et pourrait profiter de la vie, mais sa méfiance est profonde. Une stricte éducation le bride, la peur de faillir, de se laisser aller – cette tare que dans sa famille on redoute comme la peste et que l'on chasse par un travail acharné. Vexé, il se ressaisit et se fait le serment d'être plus vigilant à l'avenir. Cette mission est un honneur. Pour le roi, pour son pays, pour les siens, il se doit d'être irréprochable.

# 2

Dans la grande salle du château, les serviteurs ont allumé les chandeliers à huit branches et posé sur les tréteaux de longues planches couvertes de draps blancs. La nuit est tombée. La vaisselle et les verres de Venise brillent aux reflets des bougies. Les invités se pressent et l'envoyé royal respire à son aise. Enfin ! La civilisation, l'élégance et la bonne chère. Après un périple épuisant de plusieurs jours dans la poussière, il retrouve le raffinement auquel il est habitué et raconte son expédition à une assemblée curieuse et déjà séduite. N'ayant pu éviter de passer sur la grande lande pour le dernier tiers du voyage depuis Bordeaux, il explique que sa caravane s'y est à plusieurs reprises embourbée.

– Un piège redoutable, s'agace-t-il en maudissant ce territoire immense et désert parsemé de lagunes et de mauvais chemins… À croire qu'ils sont faits exprès pour perdre les voyageurs qui ont la mauvaise idée de s'y aventurer.

– Et pourtant vous avez pris le risque ! s'exclame Aimée d'Artix, admirative. Car vous avez raison, c'est dangereux. La lande est infestée de soldats en guenilles qui crèvent de faim et se jettent sur tout ce qu'ils trouvent. Le mois dernier, ils ont détroussé un pauvre voyageur de commerce qui a bien failli y rester. Vous avez eu la chance de ne pas en avoir rencontré.

Pierre de Lancre se penche vers elle, un étrange sourire aux lèvres.

– Je crois plutôt que ce sont eux qui ont eu la chance de ne pas tomber sur moi.

Surprise, son hôtesse laisse échapper un petit rire nerveux. Aimée n'éprouve ni compassion ni empathie pour ces soldats abandonnés à leur sort par le roi de France après l'avoir servi des années dans ses guerres de religion, mais le ton de son invité la laisse perplexe. Est-ce un avertissement ? Que veut-il dire ? Quelque chose en lui l'inquiète. Comme une violence sourde. Elle sait bien qu'il est là pour nettoyer le pays, puisque c'est son propre fils qui est à l'origine de sa venue. Par un courrier écrit et signé avec le seigneur et bailli de la région, son fils a sollicité Henri IV afin qu'il les débarrasse des sorcières et des mauvais sorts qu'elles jettent sur leurs terres. En réalité, ces sorcières ont les traits de leurs ennemis jurés de la côte, à Ciboure et Saint-Jean-de-Luz, contre lesquels ils mènent une guerre sans merci.

Le roi n'a pas choisi Pierre de Lancre par hasard. Aimée d'Artix et lui ont une parenté commune, et ces liens devraient la rassurer, pourtant elle reste sur ses gardes. L'époque est incertaine. Les espions pullulent, tout le monde trahit tout le monde. Il y a peu, on assassinait sans hésitation. Le duc de Guise et Henri III n'y ont pas survécu, et nul ne sait plus à quel saint se vouer ni à quel Dieu adresser ses prières. En trente ans de guerres, les religions ont dressé les hommes les uns contre les autres, et il ne fait pas bon être du mauvais côté. Mais quel est le bon ? Aimée a choisi son camp. Elle est catholique comme les rois d'Espagne, et la récente conversion du roi de France Henri IV la laisse dubitative. Elle n'oublie pas qu'il a été protestant et le fils de la grande prêtresse Jeanne d'Albret.

Brusquement, son invité la sort de ses pensées en levant son verre à sa santé et à celle de sa famille. Il manie si bien le compliment sur le raffinement de sa table et la richesse de ses mets que sa sincérité l'apaise, elle décide donc de profiter pleinement de la soirée et de chasser ses craintes. Après tout, les affaires de son fils se présentent bien.

Les musiciens jouent des airs traditionnels et les serviteurs remplissent les verres. Ravis, les convives n'ont d'yeux et d'oreilles que pour l'envoyé royal. Fière de recevoir ce parent habitué à fréquenter la cour, elle explique à l'amie assise à ses côtés que Pierre de Lancre est petit-fils de Basques, même si sa branche a fait fortune à Bordeaux dans le commerce du vin et a connu dans la capitale d'Aquitaine une fulgurante ascension sociale. Lié par son mariage à la prestigieuse famille de Montaigne dont il a épousé la petite-nièce, Jeanne de Mons, il s'affiche humaniste, la nouvelle philosophie en vogue. Un parcours fulgurant et exceptionnel dans lequel la fortune familiale et le poste de son père, juriste et conseiller du roi, ont joué un rôle non négligeable. Il a fait de longs séjours en Italie, pays à la mode dans les cours d'Europe. N'étudier qu'en France est ordinaire, il faut être cosmopolite et parler plusieurs langues. Le fin du fin étant d'avoir des diplômes dans une université étrangère. Pierre a obtenu sa licence et son doctorat de droit dans la prestigieuse université de Turin.

– Mais, avance soudain son amie après une légère hésitation, son arrière-grand-père s'appelait bien Rosteguy, n'est-ce pas ?

Aimée confirme.

– Alors pourquoi avoir changé de nom ? Ses origines basques le dérangeaient ?

Aimée se redresse, contrariée. Pierre s'appelait Rosteguy, mais pour s'intégrer dans les cercles du pouvoir et de la cour, mieux valait un nom à particule.

– Les choses ont été faites dans les règles sans rien voler à personne. Son père est très fortuné et a acheté le titre et la maison. En quoi cela pose-t-il problème ?

Soucieuse de ne pas déplaire, l'invitée n'insiste pas, mais songe en son for intérieur que renier ses origines pour satisfaire aux codes du pouvoir n'est pas bon signe. Surtout chez les Basques, si fiers de leurs origines.

La nuit est déjà bien avancée quand les invités quittent les lieux. La lune éclaire leurs silhouettes sous les arbres de l'immense parc comme dans un décor de théâtre. Grisés par cette brillante soirée dans le château d'une famille estimée, ils éprouvent le plaisir d'être entre soi et se saluent, complices. Du haut de l'escalier de pierre, Aimée les suit du regard jusqu'à ce que la dernière voiture disparaisse vers la route d'Espagne. Cette soirée, qui lui a demandé tant de stratégie et d'efforts ne serait-ce que pour composer le plan de table, a été une réussite.

– Votre dîner a été exceptionnel, lui déclare le bailli en prenant congé. Et notre envoyé royal est un allié de poids. Vous avez entendu comme il a fustigé l'attitude de nos ennemis armateurs de la côte ? *Enlever les hommes à la terre nourricière pour les envoyer loin de leurs familles se perdre en mer, c'est l'œuvre du malin*, a-t-il déclamé haut et fort.

– *Et c'est aller contre la volonté de Dieu. Voilà pourquoi je suis venu ici, à son service*, renchérit son fils. Tout le monde a bien compris. Dès demain, il va sur la côte faire ce qu'il faut. C'est acquis.

Aimée se rengorge. Justice sera enfin rendue. Leurs ennemis vont comprendre qu'il ne fait pas bon voler leurs paysans pour en faire des marins ! En moins de deux années, les armateurs de Ciboure et de Saint-Jean-de-Luz se sont énormément enrichis, tandis que les propriétaires terriens souffrent de pénuries de récoltes et d'hommes. L'arrogance de ces nouveaux riches qui arborent de faux blasons sur les façades de leurs grosses maisons et se font servir par des esclaves noirs révulse Aimée.

Ce soir, elle devrait être comblée. Son fils et son ami le bailli Caupenne ont fomenté une belle vengeance en criant aux sorcières. Dédaignant le parlement de Bordeaux, ils se sont adressés directement au roi de France. Mais pourquoi le roi les a-t-il écoutés ? La ficelle est pourtant un peu grosse… Quel est son intérêt ? Étant donné l'instabilité qui règne en France et ses rapports houleux avec le roi d'Espagne, Henri IV devrait avoir d'autres chats à fouetter. Sans compter ses histoires de femmes qui lui créent les pires ennuis.

En regagnant sa chambre, de sombres pensées assaillent

Aimée. Dans la moiteur de la nuit, elle étouffe. Elle ouvre la fenêtre. L'air est frais et le parc, paisible. Un silence à peine dérangé par le cri d'un hibou perdu dans les frondaisons. Aimée aspire de longues bouffées d'air. Son pays la réconforte dans les moments de doute, avec sa voûte étoilée, sa ligne d'horizon infinie, le roulement de l'océan au loin et ses collines bleutées. Soudain, un coassement l'interrompt. Intriguée, elle se penche vers les douves et pousse un cri d'effroi. Un horrible crapaud la fixe de ses yeux globuleux. Effrayée, elle referme précipitamment la fenêtre et se réfugie entre ses draps. Des grenouilles qui viennent chercher le frais dans ce coin humide du château familial, elle en a vu beaucoup, mais un batracien comme celui-là, couleur bronze et couvert de pustules, jamais. Le découvrir après avoir fêté l'arrivée de Pierre de Lancre ne peut être un hasard. Elle en tremble.

Les signes, Aimée d'Artix y croit. Elle est née à une époque où les hommes voyaient en toutes choses l'intervention de divinités inconnues. Même si la Renaissance éclaire le monde d'un jour nouveau et que philosophes, lettrés et scientifiques y contribuent, ce soir leur connaissance ne peut rien contre les démons et les sorcières qui hantent l'esprit de la vieille dame.

« Les sorcières portent sur leur épaule droite un affreux crapaud, lui a encore affirmé récemment Augustine, sa voisine. Celui qui le regarde dans les yeux part directement en enfer ! »

Augustine perd un peu la tête, mais Aimée a lu elle aussi l'incontournable *Malleus Maleficarum*. Ce livre a fait naître en elle de nouvelles peurs, bien plus terrifiantes que les petits génies des croyances païennes qui ont bercé son enfance. Même les vieilles pierres du château l'inquiètent. Le *Malleus* est très clair, la main du diable est partout. Alors Aimée croit déceler dans leurs mauvaises jointures l'ombre des maléfices.

# 3

À mille lieues de là, sous le ciel d'un autre continent, un jeune homme éclaboussé de sang tranche dans le lard d'une énorme baleine. Ses gestes sont précis, puissants. Il vient de lui ouvrir le ventre. Elle est pleine, et avec deux autres marins, il tue son baleineau de plusieurs coups de lame. Peyo a tout juste vingt ans. Des baleines, il en a déjà tué et dépecé, mais un baleineau, c'est la première fois. Debout, les pieds au milieu de cette masse informe de viscères et d'intestins gluants, il a du mal à ne pas glisser. Depuis qu'il tue et que sa lame d'acier tranche une chair vivante, Peyo connaît la véritable peur. Celle qui tord les boyaux à s'en faire vomir, celle qui oblige à grandir pour l'affronter et survivre. Sur les bancs de Terre-Neuve au bord du golfe du Saint-Laurent, quel autre choix pour ces hommes que de lutter ensemble pour défier ces gigantesques monstres ? L'âpreté du combat accapare toutes leurs forces, et ne laisse aucune place aux conflits et aux différences. Pas de temps à perdre. Ils sont portés par l'espoir fou de ne plus dépendre un jour d'un seigneur de la terre ou de la mer. C'est pour cette liberté qu'ils risquent leur peau à chaque voyage. Le soir au coin du feu, en faisant griller des bouts de lard sur la braise, ils parlent des navires qu'ils rêveraient de posséder, un de ceux capables de transporter les produits de vingt-cinq baleines en un seul voyage. Un trésor de kilomètres d'intestins séchés pour confectionner des cordes, des quantités de fanons pour les parapluies ou les corsets, des os qui servent à tout, sans compter le cuir des peaux et les mille deux cent cinquante tonnes d'huile de graisse fondue pour lubrifier les mécanismes de toutes sortes et éclairer les villes et les maisons. Un seul voyage, et c'est déjà la fortune.

Ce soir, Peyo a le cœur sombre. La pêche des grands mammifères ne ressemble en rien à celle des pêcheurs du port de Saint-Jean-de-Luz. En changeant de continent, elle a changé de dimension, la lutte est titanesque. Les baleines se défendent de longues heures, parfois des jours entiers. Dans l'œil minuscule de leur monumentale carcasse Peyo a vu de l'effroi. Saignées, déchirées par les harpons, elles vont jusqu'au bout de leurs forces. Leur ténacité force son admiration et celle des autres marins. Dans la nuit, Peyo fait un cauchemar. Il se voit larder de coups de lame un baleineau, et au moment où tombent les viscères, il découvre que le ventre est celui de Graciane. Il se réveille en hurlant, bouleversé.

– Qu'est-ce que tu as, tu t'es blessé ? Tu as mal ?

Andrès le regarde, inquiet.

– Non, c'est juste un cauchemar.

Massacrer à longueur de journée, vivre au milieu du sang et des ventres ouverts, n'épargne aucun marin. La violence est psychologique, physique. Des années de pêche n'y font rien, on ne s'y habitue jamais. Certains s'endurcissent, d'autres s'enivrent, et tous broient de sombres pensées. Mais aucune ne sort de Terre-Neuve. De retour au pays, ils racontent avec fierté les affrontements avec les monstres de l'océan, des face-à-face terribles qui font vivre leurs familles de longs mois. Il n'y a pas si longtemps, Peyo les avait écoutés avec admiration et en avait rêvé. Aujourd'hui, il découvre la souffrance qu'ils taisent voyage après voyage.

– Ne t'inquiète pas, dit-il à Andrès. C'est fini.

– Tu es sûr ?

– Oui.

Pas question de parler de ses états d'âme. Ici personne ne peut douter, ni flancher. Les cales des navires doivent se remplir et ils n'en sont qu'au début. Andrès n'est pas dupe, il espère seulement que Peyo tiendra le coup.

# 4

Le soleil vient de se lever et il fait déjà terriblement chaud. Amalia se dépêche. Murgui est venue la prévenir qu'on l'attend à Ciboure pour accoucher la fille Etcheverry. Dans sa besace, elle a emporté des onguents de sa fabrication et des plantes cueillies en montagne, sur les pentes de la Rhune. Elle a beau savoir exactement ce qu'il faut, elle est inquiète comme à chaque naissance.

Autour d'elle, Murgui virevolte, ce qui a le don de l'agacer. L'adolescente aime se rendre indispensable même quand Amalia n'a pas besoin d'elle. Mais de tous les enfants qu'elle a aidés à naître, Murgui est sa préférée. À quinze ans passés, elle n'a jamais quitté la maison de son père, cordier à Ciboure, et on la surnomme « la Gitane », allusion à sa mère. C'est Amalia qui l'a fait venir au monde et qui, la première, l'a tenue dans ses bras. Murgui est belle et vive. Insolente aussi, et intrépide. Pourtant elle est souvent la cible de moqueries à cause de ses origines maternelles, et de jalousies féroces à cause de sa beauté. La rumeur, qui a peu d'imagination, dit qu'elle aime séduire les hommes. Mais la rumeur se trompe.

Murgui en aime un seul : Bixente, un jeune charbonnier qui vit en lisière de la forêt de Lizarrieta et qui trafique avec de jeunes Espagnols, charbonniers eux aussi. On ne sait si leurs peaux sont brunies par trop de soleil, ou noires par trop de charbon, mais les filles s'écartent quand ils arrivent au port de Ciboure et de Saint-Jean-de-Luz. Flanqué de ses copains et noir comme eux, Bixente marche tête haute, mains enfoncées dans les poches de son pantalon crasseux. Il va taper la pelote jusqu'à s'en faire saigner les paumes. Murgui se cache pour l'observer. Elle pourrait rester des heures à ne regarder que lui, à n'écouter que son rire qui éclate lorsqu'il réussit une passe. Il est joueur, râleur, et les angoisses qui ont abîmé le moral de ce pays semblent n'avoir jamais atteint la moindre parcelle de sa nature heureuse. Quand il est là, Murgui oublie les méchancetés et les moqueries. Il est plein de lumière, il est son seul bonheur.

– Qu'est-ce que tu fais encore là-dehors à rêvasser ? Je t'avais dit de rentrer chez toi.

Le bébé est né et Amalia est épuisée. Elle secoue la tête tandis que Murgui file à travers champs. L'âge pèse sur ses épaules. De tous ces enfants qu'elle a aidés à naître, aucun n'est le sien. Elle n'a jamais eu envie d'être mère. Son bonheur et sa richesse, elle les trouve à portée de main. Dans la nature, les plantes, et dans un monde minuscule d'insectes et de bestioles qui s'agitent partout. L'aube est splendide, elle embaume. Amalia ramasse des baies, qu'elle doit cueillir avant le lever du jour et faire sécher selon des règles précises qu'elle tient des femmes de sa famille, guérisseuses depuis la nuit des temps. Dans la maison de ses ancêtres, rien n'a changé. Une seule pièce en terre battue dans laquelle son arrière-grand-mère et sa grand-mère ont vécu seules. Le mari de l'une est mort d'épuisement à force de travailler une terre qui ne donnait rien, l'autre a disparu en mer. Quant à son propre père, Amalia ne l'a jamais connu. Il s'était mis en couple avec sa mère pour « s'essayer », selon la coutume du pays. En temps qu'aînée, la mère d'Amalia avait hérité de la maison familiale, alors qu'en tant que cadet, son père avait été déshérité de la sienne. Mais le couple n'a pas tenu. La mère d'Amalia a préféré parcourir la montagne et faire son travail de guérisseuse, et comme tous les cadets déshérités, son père est parti sur les routes. Jeune, Amalia pensait à lui, le cœur serré. Savait-il qu'il avait une fille ? Mais elle ne s'attardait pas sur ces pensées. Dans ce pays, assurer sa propre survie était l'essentiel.

Le seul et véritable épisode douloureux de sa vie a eu lieu lorsqu'elle a voulu, à son tour, se marier. Car en ce pays la règle est stricte : en tant qu'aînés, ni elle ni l'homme qu'elle aimait, Paskoal, ne pouvaient abandonner leur maison et les anciens. La maison dictait sa loi. Ils l'ont appliquée sans discuter, mais en ont beaucoup souffert. Amalia aurait tant aimé vivre auprès de Paskoal, entendre le son d'une voix d'homme et son pas plus lourd résonner dans sa maison. Pendant une dizaine d'années, ils se sont rejoints dans une grotte en bord de falaise. Ils y ont vécu de beaux moments, ont beaucoup pleuré aussi. Un jour, elle lui a apporté un petit chiot qu'elle avait trouvé dans la montagne. Il l'a appelé Tchakur, ce qui en basque signifie « chien ». Ça l'a fait rire. Au fil des ans, leurs rendez-vous se sont espacés, et quand les anciens sont morts, il était trop tard pour s'installer ensemble. Ils s'aimaient encore, mais avaient appris à vivre heureux autrement. Elle, dans sa montagne avec ses plantes, lui avec son chien sur les terres rugueuses. Depuis, quand ils se croisent au hasard des chemins, ils sourient de plaisir, échangent quelques mots, puis s'en vont chacun de leur côté avec un léger pincement au cœur.

En revenant de Ciboure, Amalia aperçoit Paskoal, son éternel bâton à la main, et Tchakur à ses pieds. Sous son béret, ses cheveux sont devenus d'un blanc intense et son visage est traversé de sillons profonds. Mais il se tient droit, et son regard est toujours aussi vif.

– Que fais-tu à cette heure loin de tes pâturages et de tes bêtes ? Ce n'est pas ton chemin.

En guise de réponse, le vieux berger désigne à l'horizon une épaisse barre de nuages noirs.

– À partir d'aujourd'hui, ne descends plus sur la côte, Amalia, lui dit-il en plissant les yeux. Le ciel me dit qu'il va y faire mauvais. J'ai un pressentiment. Reste dans ta maison, cachée au pied de la montagne.

Et sans un mot de plus, il la salue et s'éloigne. Amalia est émue comme chaque fois qu'elle le rencontre. Elle lui trouve sous sa cape brune l'air d'un basajaun, ce vieux seigneur de la forêt qui parcourt l'imaginaire du pays. Sans doute parce qu'elle est toujours par monts et par vaux à cueillir ses plantes, Amalia a échappé à la vague de christianisation qui tente d'éradiquer les anciennes croyances d'une population sensible au merveilleux. Une seule religion, un seul roi pour un unique royaume. La centralisation des pouvoirs est en marche, et la déesse Mari, mère de la nature, ainsi que les petits êtres féeriques, basajauns, laminak et autres jentilak qui habitent cette terre depuis la nuit des temps, doivent disparaître. Le roi de France et le pape ne sont pas les seuls à faire le ménage. Dans le royaume espagnol de Ferdinand d'Aragon et d'Isabelle de Castille, les rois catholiques bannissent tous ceux qui ont une autre religion. Protestants, musulmans, morisques et juifs sont sommés de quitter le pays. Amalia ne sait rien des rois ni de leurs décisions, mais elle écoute Paskoal, car à ses yeux rien n'est plus fiable que l'avertissement d'un vieux seigneur de la forêt.

# 5

L'orage éclate au beau milieu de la nuit. Il tombe des trombes d'eau. Des ruisseaux dévalent les rues en pente et les eaux de l'Adour emportent des blocs de terre et de cailloux, creusant d'énormes failles sur les rives. Quant à l'océan, impossible de s'en approcher. Ses vagues puissantes se fracassent sur les digues, détruisent les fondations, jaillissent sur les villes côtières.

Au pied de son lit à baldaquin, Aimée s'agenouille pour prier le Seigneur.

Amalia brûle de l'encens devant l'âtre de sa cheminée.

Dans son lit, Graciane sort les amulettes. Iban lui a juré que son Dieu protège les marins, mais elle prierait n'importe qui pour que Peyo reste en vie. Au-dehors, le tonnerre gronde et les éclairs illuminent le ciel. Les dieux sont en colère. Portée par un élan irrépressible, Graciane se lève, s'enveloppe de la cape de Peyo et file dans la tempête. Dans l'église, au pied de l'autel, sa prière montera mieux vers Dieu. Dans la nuit, le vent la gifle par rafales, entravant sa course. Mais elle n'a pas peur, Peyo la protège. Elle serre contre elle sa cape de laine à la trame si serrée que l'eau y ruisselle sans jamais la pénétrer. Seuls ses pieds chaussés de sabots sont trempés. Quand elle ouvre la lourde porte, le vent s'engouffre dans l'église. Elle la referme et le vacarme s'éteint d'un coup. On entend à peine le vent siffler derrière les vitraux. Des boiseries ornent les murs épais et des cierges brûlent dans de hauts candélabres. L'atmosphère est douce, dans le silence Graciane s'apaise. Sa cape serrée contre elle, elle s'agenouille au pied de l'autel et se met à réciter le Notre Père dans sa langue.

– *Gure Aita, zeruetan zirena, saindu izan bedi zure izena, etor bedi zure erreinua, egin bedi zure nahia zeruan bezala lurrean ere…*

Ses mots mystérieux résonnent sous la voûte comme une incantation magique, et les heures passent.

– *Emaguzu gaur egun huntako ogia, barkatu gure zorrak, guk ere gure zorduner barkatzen diegunaz geroz, eta ez gu tentaldirat ereman, bainan atera gaitza…*

– AMEN !

Elle n'a pas entendu la porte s'ouvrir, ni senti le vent s'engouffrer dans l'église. Pourtant un homme est là. Grand, large d'épaules, sanglé de fer et vêtu de noir. C'est l'homme de la caravane, l'envoyé royal.

# 6

Quelques heures auparavant, dans une pièce du quartier général que la ville de Bayonne a mis à sa disposition, Pierre de Lancre faisait le point sur l'action à mener. De son bureau, il peut voir le fleuve rejoindre l'océan, et en a fait l'endroit où il vient s'isoler chaque soir pour écrire. Il a déjà publié chez l'éditeur Abel Langelier un ouvrage traitant de l'instabilité des hommes et de leur inconstance, dont il déduit qu'*en Dieu seul gît la vraie constance à laquelle l'homme sage doit viser*. Sur la question, il est intarissable. Pour lui, le mal vient de ce que tout change en permanence. Les rois se succèdent, les frontières se modifient au fil des conquêtes, les peuples émigrent ou sont décimés par les guerres ou les épidémies. Rien ne dure, pas même les promesses ou les serments d'amour les plus passionnés. Tout passe. Pierre de Lancre a été marqué au fer rouge par un jour fatal. Il avait à peine huit ans.

« Tu es grand aujourd'hui, Pierre, lui a dit son père. Il est temps de parler sérieusement. »

Une ride a plissé le front de l'enfant, qui a senti que quelque chose de grave s'annonçait.

« Nous allons quitter Saint-Macaire et habiter une belle maison de pierre que je viens d'acquérir dans le quartier le plus chic de Bordeaux, face au grand parc. Tu poursuivras tes études dans un collège prestigieux et tu auras des amis dans la meilleure société. »

Le petit Pierre n'a pas compris tout de suite. Il avait déjà une maison, et une maison c'est pour toujours. Surtout la sienne, avec la cuisine aux délicieuses odeurs de poulet rôti et de gâteaux, avec le chai du grand-père rempli de papiers, d'ombres, et sa carte d'Oronce Fine. Un royaume, le sien. Pourquoi le quitter ? Pourquoi sa maison ne serait plus sa maison ? Quant aux amis, il en avait déjà et n'en voulait pas d'autres. Soudés comme les doigts de la main, ils couraient les champs de Gascogne et se poursuivaient entre les rangs de vigne comme des lapereaux, pendant que les grands ramassaient le raisin et le versaient dans d'immenses cuves en bois. Ces merveilleux parfums de l'automne, Pierre de Lancre en sent aujourd'hui encore les effluves remonter du fond de sa mémoire.

Ignorant le chaos qu'il venait de provoquer dans la tête de son fils, son père a donné le coup de grâce : « À partir d'aujourd'hui, tu ne t'appelleras plus Pierre Rosteguy, mais Pierre de Lancre. Désormais tu auras une particule et tu appartiendras à la haute société bordelaise. Tu es content ? »

Ce jour-là, pour Pierre de Lancre le monde a basculé. Le choc a été dévastateur. Pierre a appris que rien n'est éternel, ni les maisons ni les lieux, ni les amis ni l'enfance, jusqu'au nom inscrit dans sa propre chair. Sa souffrance a été si profonde qu'il ne s'est plus attaché à rien. Le monde enchanté des champs et des vignes de Saint-Macaire a fait place à la sévérité des riches demeures de pierre bordelaises, et au collège, celui où Montaigne avait étudié, il s'est plié à la stricte discipline. À coups d'heures d'étude et d'enfermement, Pierre Rosteguy a fini par disparaître et Pierre de Lancre s'est imposé. Alliances, mariage, position sociale, tout a suivi. Aujourd'hui on l'admire et on le sollicite pour ce parcours d'exception. Mais le prix à payer est lourd. La blessure de l'enfant a gangrené le cœur de l'homme. Pierre Rosteguy était sensible, Pierre de Lancre est dur et froid comme l'acier.

Penché sur sa table de travail, il réfléchit à la meilleure manière de réussir sa mission. Une occasion pareille ne se représentera pas deux fois et le succès des *Essais* de Montaigne, dont tout le monde parle encore trente ans après leur parution, le galvanise. Le diable et la sorcellerie sont au cœur des préoccupations intellectuelles et politiques de son époque. Ce sera le sujet de sa vie. Il enfoncera l'épée de Dieu dans le ventre de Satan. Il ne doute pas. Il est à peine arrivé sur cette terre basque, mais les motifs de stupéfaction sont si nombreux qu'il décide de prendre des notes pour n'oublier aucun détail.

Le matin même, il part effectuer un repérage le long de la côte avec ses hommes, et ils se retrouvent à Anglet. Engoncés dans leurs uniformes, crânes suant sous les casques, alignés sur le haut d'une falaise, disciplinés et silencieux, les soldats suffoquent sous une chaleur écrasante quand ils entendent en contrebas, sur la plage, les cris de joie et les rires de jeunes gens. Ils s'apprêtent à repartir quand un des adolescents retire ses vêtements et se précipite nu dans les vagues. Il réapparaît, et encourage ses amis à le rejoindre. Ce qu'ils font tous aussitôt. Filles et garçons jettent jupons et chemises pardessus tête et s'élancent dans les gerbes d'écume blanche. Leurs corps ruisselants brillent au soleil, et les chevelures des filles les éclaboussent de mille gouttelettes, ce qui fait redoubler leurs rires et leurs cris. Pierre de Lancre est choqué. Ses hommes attendent un ordre, mais il ne dit rien. Les chevaux piaffent, cherchant l'air dans la chaleur. C'est alors qu'un couple sort de l'eau en se tenant la main, puis disparaît dans une grotte. Un accouplement en plein jour au vu et au su de tous ? De Lancre blêmit. Sidéré, il tourne bride et part au galop droit devant, laissant ses hommes stupéfaits.

– Vite, suivons-le pour ne pas le perdre ! s'affole l'un d'eux.

– Pas question ! La falaise est instable, c'est trop dangereux, mieux vaut passer par la route normale.

Déstabilisés par l'attitude de leur chef, et convaincus par les arguments de Justinien, le plus jeune d'entre eux, ils rentrent prudemment pendant que de Lancre cravache la bête sur les hautes landes. L'animal est en sang quand de retour à l'écurie il l'abandonne aux mains du palefrenier Ignace sans un mot d'explication. Le cheval tremble de tous ses membres. Les marques de cravache ont laissé sa chair à vif, et ce n'est pas la première fois. Ignace regarde Pierre de Lancre s'éloigner d'un œil noir.

– Ne t'inquiète pas, murmure-t-il en caressant le museau frémissant de l'animal. Tu n'auras plus jamais affaire à lui.

En regagnant son bureau, Pierre se calme et prend conscience qu'il a abandonné ses hommes sans explication.

Peu importe, se dit-il. Un chef n'a pas à se justifier. En réalité, quand il a vu ces jeunes sur la plage, il a senti monter en lui l'irrépressible envie de se jeter à l'eau parmi eux. Heureusement, il a déjoué à temps le piège du malin. En se remémorant la scène, son esprit s'échauffe à nouveau. Les corps nus des jeunes filles le poursuivent. Il s'essuie le front et décide de mettre la démoniaque manœuvre au jour en l'écrivant. Il doit montrer que tout est lié, comme l'ont si bien expliqué les auteurs du *Malleus Maleficarum*, ouvrage qu'il lit et relit sans cesse. Une idée lui vient. La mer où plongeaient ces jeunes gens est un territoire inexploré que personne ne surveille. Pourquoi les marins en sont-ils amoureux ? Pourquoi l'aiment-ils au point de quitter leurs familles pour elle ? Certains n'en reviennent jamais. On prétend qu'ils se noient, mais que se passe-t-il réellement sous les eaux ? Frémissant tel un aventurier découvrant un nouveau continent, Pierre retient son souffle. Les baleines, ces énormes mammifères qui grouillent sous les océans... Les hommes quittent-ils leurs femmes pour les chasser, ou pour autre chose ? Effrayé par ses propres pensées, il balaie aussitôt cette diabolique vision d'accouplement et se signe. Les affaires de sexe et d'amour n'ont jamais eu dans sa vie une réalité autre que celle nécessitée par l'ordre social. Marié sans inclination particulière à la petite-nièce de Montaigne qui lui offre les relations prestigieuses de sa famille, on ne lui connaît pas de maîtresse, et l'homosexualité lui fait horreur. Citant Tacite et son récit d'hommes qui en épousent d'autres de manière tout à fait officielle, Pierre de Lancre précise à quel point *l'histoire est sale.* N'étant pas accaparé par ces affaires, il s'estime capable de voir ce que les autres ne peuvent déceler tant ils sont pervertis par leurs sens. Mais plus il réfléchit, plus une théorie se dessine. Sur mer comme sur terre, les femelles corrompent les hommes. Elles sont le meilleur atout du diable. Voilà pourquoi ils embarquent et plongent, la tête et les sens complètement retournés.

Pierre de Lancre s'empresse de coucher ses réflexions sur le papier. En nage, il ne voit pas les heures passer ni les arbres et les collines se diluer dans l'ombre, entre chien et loup. L'orage gronde, un autre monde émerge du néant. Le diable est ici partout, Pierre de Lancre va devoir agir rapidement pour le contrer.

Soudain on frappe à sa porte. C'est Justinien, à qui il a confié la tâche de retrouver la jeune femme surprise devant l'église. Justinien n'a pas encore vingt ans. Il est motivé, confiant. Dégoulinant de pluie, il vient au rapport.

– Je l'ai retrouvée. Elle est à l'église. Elle est agenouillée et on dirait qu'elle prie, mais je ne comprends rien à ce qu'elle dit.

Pierre de Lancre se lève d'un bond. Cette diablesse profite de la nuit pour s'introduire dans la maison de Dieu ! Il faut frapper fort et tout de suite. Certain de détenir la vérité, il appelle ses hommes, enfile ses bottes et réclame son cheval.

– Il n'est pas là.

– Comment ça ! s'énerve-t-il. Je l'ai laissé ici en fin de matinée.

– Oui, mais il n'est pas dans son box. Je vous en donne un autre.

– Où est Ignace ?

– Je ne sais pas.

La pluie tombe par rafales à ne pas mettre un chien dehors, mais ce soir rien ne peut arrêter Pierre de Lancre. Fortement contrarié, il prend un autre cheval, et suivi par Justinien et ses hommes, il galope, prêt à affronter un ennemi exceptionnel. À l'idée de ce combat, son ardeur se décuple.

Devant l'église, il ordonne à ses hommes de l'attendre. Il veut combattre la sorcière seul. Ruisselant de pluie, il ouvre la porte d'un geste puissant et les flammes des bougies s'éteignent d'un coup sec. Il lance un « Amen » retentissant, et Graciane, arrachée à ses prières, le regarde avec des yeux exorbités.

– Que faites-vous dans la maison de Dieu ? hurle-t-il. Quel est ce charabia dans lequel vous prétendez prier ? Je vous ai démasquée, vous êtes une sorcière et Dieu vous jugera !

L'église est plongée dans l'obscurité. De Lancre ressent monter au fond de lui une ferveur inouïe. Sa voix puissante résonne sous la voûte de pierre. Graciane s'est figée. Son regard est terrifié, pourtant son visage est doux. Encore une ruse du diable pour m'émouvoir, s'exaspère l'envoyé royal. Mais un soldat de Dieu ne faiblit pas. Il s'apprête à appeler ses hommes, quand une silhouette surgit derrière l'autel. Prêt au combat, il s'empare de son épée et l'interpelle :

– Qui êtes-vous ?

– Je suis le prêtre de cette église, répond Iban, surpris. Et vous, qui êtes-vous ? Et pourquoi entrez-vous armé dans la maison de Notre-Seigneur ?

De Lancre est furieux. Comment ce prêtre peut-il

s'adresser à lui comme à un vulgaire malfaiteur ? N'a-t-il pas reconnu la puissance royale ?

– Vous osez me poser la question alors que cette femme va et vient dans votre église comme bon lui semble, qu'elle en détient la clef et provoque notre Dieu dans un charabia incompréhensible ! Comment pouvez-vous laisser commettre pareille hérésie !

– Une hérésie… ?

Iban le fixe, ahuri.

– Mais c'est ma marguillière, et elle prie en basque comme nous tous.

– On prie Dieu en latin ! Vous êtes bien aveugle pour un homme au service de Dieu… Comment pouvez-vous ne pas voir que cette femme est possédée par le malin ?

Et sans laisser à Iban le temps de répondre, l'envoyé royal appelle ses hommes, qui s'emparent de Graciane. Ils la poussent dehors si brutalement qu'elle glisse et tombe. Justinien l'aide à se relever. Le visage de la jeune fille est recouvert de terre, ses cheveux collés de boue, et ses habits souillés. En la bousculant, les soldats ont fait tomber sa cape et déchiré le haut de son corsage, qu'elle tente de retenir à grand mal. Iban essaie de lui porter secours, mais un des hommes le repousse et il glisse à son tour. Quand il se relève, la place est déserte. Le vent siffle de plus en plus fort, et la pluie n'en finit pas de ruisseler en emportant la terre.

# 7

Amalia a un mauvais pressentiment. Impossible de s'endormir. Même ses infusions n'ont rien pu y faire, ses yeux restent obstinément ouverts. Le seul endroit où elle sait qu'elle retrouvera la paix, c'est la grotte de Zugarramurdi, la maison des morts. On dit que des couples s'y retrouvent et souillent les lieux. Personne autrefois n'aurait osé se laisser aller à de tels actes dans la maison de la déesse Mari, mais le monde change. Amalia se lève. Le trajet est long, mais elle le connaît par cœur. Dans la forêt, le vent souffle dans les ramures des grands arbres. On entend des craquements inquiétants, mais Amalia s'y sent protégée par les génies bienveillants.

Quand elle arrive enfin après plusieurs heures de marche, des éclats de rire l'arrêtent net. Cachée derrière un buisson, elle voit un petit groupe sortir de la grotte et reconnaît Lina, une servante de Ciboure qu'elle soigne souvent. Les visages des autres sont impossibles à discerner sous leurs capes. Pressés, les jeunes gens se dispersent au bout du chemin.

Contrariée, Amalia s'enfonce dans la grotte. Les morts

doivent savoir qu'on ne les oublie pas. Peu à peu, le bruit de la tempête s'estompe et ses yeux s'habituent à la pénombre. Tout est là depuis la nuit des temps. La haute voûte, l'espace immense et la pierre lustrée par les mains de ceux qui sont venus prier la déesse. Amalia s'assied sur la pierre. Mais la sérénité et le silence qu'elle espérait trouver sont abîmés par les rires qui résonnent encore dans sa tête. Elle pensait que les sabbats et les orgies étaient à mettre sur le compte des rumeurs. Désormais, après avoir vu Lina et ses compères, elle doute. Elle essaie encore de parler avec les morts, mais des ricanements lui répondent. La magie a disparu, le sacré est perdu à jamais. Et avec lui, tant de choses.

# 8

Pierre de Lancre a procédé à sa première arrestation de sorcière, et Jean d'Espaignet est satisfait. Officiellement, celui-ci est là pour épauler son ami, mais officieusement il a pour mission de découvrir qui se cache derrière le mystérieux Juan Velázquez. L'homme vient de s'installer dans la forteresse espagnole face aux côtes françaises. Dans le cadre d'échanges diplomatiques, il est convenu d'une rencontre, et d'Espaignet veut profiter de l'occasion pour tenter d'en savoir plus. Aux dires des services secrets français, Velázquez dirige le réseau d'espions le plus efficace de toute l'Europe. Autrement dit, il est le chef du contre-espionnage espagnol, le redoutable « Espia Mayor ». Après huit années de guerre entre la France et l'Espagne, la question des territoires reste épineuse, et les enjeux pour la paix sont considérables. Les Espagnols viennent de décréter l'expulsion des morisques et des juifs. D'après les estimations des services royaux, ce sont plus de cinquante mille réfugiés qui déferlent en France par le col du Somport. La situation frontalière est hautement sensible, et la surveillance de tels déplacements impossible. Les populations locales sont exaspérées, au bord de l'explosion. Certains expulsés n'hésitent pas à retraverser la frontière pour revenir dans leurs villages, d'autres sont retenus par de riches propriétaires qui les font travailler en échange d'un toit. Jusqu'ici la solidarité des Basques a créé une barrière, mais impossible de dire jusqu'où elle tiendra. Or la stabilité dans cette zone frontalière est capitale, aucun des deux pays ne veut la fragiliser.

– Président…

Justinien s'est approché.

– Évitez de m'appeler président, Justinien. Ici je ne suis que Jean d'Espaignet, je vous l'ai déjà dit. Le patron, c'est de Lancre. Qu'y a-t-il ? Une urgence ?

– Oui. Il s'est passé quelque chose disons… d'ennuyeux.

D'Espaignet l'écoute attentivement. Justinien est jeune, mais il a prouvé à de nombreuses reprises son intelligence et sa capacité à s'adapter dans les situations les plus complexes.

– Le prêtre de l'église où on a arrêté la sorcière cette nuit est sens dessus dessous.

D'Espaignet respire : ce n'est que ça.

– Les prêtres sont toujours sens dessus dessous. Si on les écoutait, on n'avancerait pas.

– Il jure devant Dieu qu'on se trompe. Il s'en porte garant.

– Si Pierre dit que c'est une sorcière, c'est que c'en est une. Sur la question, de Lancre est le meilleur.

– Peut-être, insiste Justinien, mais le prêtre a été malmené et vient d'une famille très respectée de Sare. La jeune femme arrêtée est sa sœur, en plus d'être sa marguillière.

– Justement. Elle est bien placée pour faire ses vilenies sans être inquiétée. Ne nous en mêlons pas.

– Sauf que le prêtre est le protégé de monseigneur d'Etchauz…

Au nom de l'évêque de Bayonne, Jean d'Espaignet dresse l'oreille.

– Il a couru lui raconter l'affaire, et l'évêque a très mal réagi. Que la sorcière ait été capturée dans une de ses églises et qu'elle soit en plus une des marguillières si utiles à ses paroissiens et à ses prêtres, ça l'a mis dans une colère terrible. Il hurle qu'un envoyé royal n'a aucun droit de pénétrer dans son église et d'y dicter sa loi. En tant que représentant de Dieu, il se dit, lui comme les siens, mieux placé qu'un parlementaire bordelais pour déceler la présence du diable. Il parle d'usurpation, d'intrusion illégitime dans les affaires de l'Église, de collusion. Et même de procès.

D'Espaignet a changé de couleur. Bertrand d'Etchauz traîne derrière lui une réputation d'ambitieux et de provocateur. Il attise le moindre conflit pour en tirer avantage. S'il intervient dans leur mission, c'est la catastrophe assurée. Issu d'une famille de vicomtes, il peut compter sur un réseau puissant et il a un caractère bien trempé. Il suffit de voir les conflits qui l'opposent à l'impétueux comte de Grammont, gouverneur de Bayonne, pour vous ôter toute envie de toucher à ses paroissiens, autrement dit à son pouvoir.

Jean d'Espaignet se souvient d'une affaire du même genre qui avait très mal fini. Tout avait commencé entre l'archevêque François de Sourdis et un conseiller du parlement, qui était intervenu pour un banal conflit dans une église. *Vous n'avez nulle charge ou droit dans cette église*, avait hurlé l'archevêque, *elle est à moi, comme votre palais est au roi.* Le conseiller lui avait répliqué que l'église était à Dieu et le cardinal l'avait excommunié sur-le-champ. L'affaire était allée jusqu'à Rome et avait duré des années. D'Espaignet mesure le danger pour le déroulement de sa mission. Pourquoi diable a-t-il fallu que de Lancre choisisse justement une marguillière et aille la cueillir dans l'église de ce foutu évêque ! Rien ne contrarie davantage le juge que le manque de stratégie. Comment son ami a-t-il pu commettre une telle erreur ? Jusqu'ici, l'église les a laissés tranquilles. Si la situation s'envenime, le roi d'Espagne risque de croire que la France agit en sous-main et que cette expédition est là pour déstabiliser la présence des catholiques dans la région. Il suffit d'une étincelle pour que la guerre reprenne. Jean d'Espaignet pressent le désastre. Après avoir retourné la question dans tous les sens, il ne voit qu'une solution : faire libérer cette Graciane, quitte à la remplacer par une autre femme sur le bûcher.

– Il y a suffisamment de femmes seules ou vieilles qui ne manqueront à personne. L'une d'elles fera l'affaire. Viens, dit-il à Justinien, on file à Saint-Jean. Il faut arrêter ce bûcher.

Soulagé d'avoir trouvé une parade, il est décidé à régler le problème au plus vite. Quant à Justinien, il n'est pas mécontent d'avoir sauvé la jeune femme. En l'aidant à se relever, il a croisé son regard et a immédiatement regretté d'avoir signalé sa présence dans l'église. Ces histoires de sorcières le mettent mal à l'aise, il n'y croit pas, mais n'en laisse rien paraître. On le désignerait comme suppôt de Satan et ce serait la mort assurée.

# 9

À des milliers de kilomètres, de l'autre côté de l'immense océan, Peyo suit le vol d'un cormoran dans le ciel. Graciane lui manque. Il l'imagine enveloppée dans sa cape et sourit en y pensant, car c'est l'été et elle doit avoir bien trop chaud. Il la connaît, il est sûr qu'elle dort même avec. Cette pensée lui fait du bien, ainsi il est tout contre elle. L'oiseau vole maintenant au ras des eaux, si près que Peyo peut voir son œil turquoise briller comme un joyau. La base de son long bec recourbé est d'un jaune vif, et il a une drôle de manière de vriller son cou. Fasciné, Peyo en oublie de tourner le lard de la baleine, qui fond dans le grand chaudron de cuivre. Il travaille en équipe avec Andrès, son ami d'enfance, qui enfourne le bois dans le four de pierre pendant que le vieux Patxi renouvelle le stock des bûches d'un four à l'autre. Quand ils ont débarqué la première fois sur cette île balayée par les vents de la région des Appalaches, les marins ont fabriqué une vingtaine de fours, qu'ils retrouvent chaque année et qu'ils remettent en état chaque saison. L'étape des fours est capitale, c'est là qu'ils fondent l'huile des baleines, qu'ils versent dans des barriques remplies à ras bord et qu'ils emportent à fond de cale. Cette huile, c'est de l'or, et Peyo aime la voir remplir le chaudron. C'est le seul moment où il peut rêver, oublier les massacres de mammifères et imaginer son avenir avec Graciane, leurs enfants. À ses yeux, la famille est la première des choses qu'un homme doit réussir. Il a vu des costauds et des forts en gueule se noyer de solitude et de vin pour avoir laissé passer leur chance d'en bâtir une. Son père était de ceux-là. Pour rien au monde Peyo ne veut lui ressembler, ni voir Graciane devenir comme sa mère, apeurée, démunie, incapable de tenir ses enfants. Graciane est solide. Elle ne le décevra pas. Ils sont soudés à la vie à la mort, et cette assurance lui donne la force de tout affronter.

L'oiseau continue de tournoyer au-dessus de sa tête, rasant les eaux et remontant comme aspiré dans les airs. Peyo ne le quitte pas du regard. Brusquement, le volatile pique tête la première et resurgit, propulsé par une puissance incroyable, un poisson au bout du bec. Il a été si rapide que Peyo en reste soufflé. Comparé à l'oiseau, il se sent lourd, gauche. Comme il aimerait pêcher tels ces grands oiseaux, d'un plongeon net et pur. Sans avoir à lutter des heures en déchirant les chairs. Il se demande parfois pourquoi les hommes ne possèdent pas ce talent, cette facilité, eux qui inventent tant de choses complexes.

– Attention, l'huile bout… crie Andrès en enfournant le bois.

Il n'a pas fini sa phrase qu'il pousse un hurlement de douleur. Une bulle d'huile lui a éclaté au visage. Peyo se précipite, mais le vieux Patxi l'a devancé.

– Reprends ta place et tourne ! Vite, vite ! hurle le vieux marin en entraînant Andrès.

Au même moment, les vents du nord-ouest se lèvent, soulevant le sable de la grève, laminant les falaises d'ardoise. Impossible à maîtriser, l'huile se met à gicler de partout. Les hommes sont à cran, aucun n'a oublié le jour de grande tempête quand un énorme chaudron s'est renversé et que l'huile s'est enflammée, brûlant mortellement ceux qui étaient dans les parages.

Peyo est anéanti. Il souffre pour Andrès. Comment a-t-il pu oublier un instant de surveiller son chaudron ? Sa responsabilité l'écrase.

# 10

Quand Pierre de Lancre voit arriver Jean d'Espaignet et Justinien, il apostrophe son ami d'un ton contrarié.

– Où étais-tu ? Et qui s'occupe des bûchers ?

D'Espaignet tombe des nues.

– Je ne sais pas si tu es au courant, reprend de Lancre, mais pour monter un bûcher, il faut du bois et des hommes pour aller le chercher, le couper et faire des fagots.

Et il explique que, s'ils ont pensé au bourreau pour les tortures et les exécutions, s'ils peuvent disposer de quelques hommes pour l'encadrement et la sécurité, de juges pour les jugements, ils n'ont ni bois ni fagots pour monter le moindre bûcher. D'Espaignet reconnaît que l'oubli est de taille.

– Mais du bois, réplique-t-il, il y en a plein les forêts, et des hommes, il y en a plein la campagne.

– Et on les paie avec quoi ?

D'Espaignet peste intérieurement. Il a autre chose à faire que de s'occuper de fagots, et il est urgent de convaincre de Lancre de renoncer à l'exécution de la marguillière. Pourtant il choisit de ne pas brusquer son ami.

– Comment as-tu fait pour monter celui-là ? demande-t-il en désignant le bûcher que les hommes s'activent à préparer.

– J'ai convoqué le bailli et son ami qui ont sollicité notre aide, et je les ai sollicités à mon tour.

– Je n'aurais pas fait mieux. Tu vois, ce n'était pas si difficile.

– Figure-toi que si. Parce que, quand il s'agit de payer, personne n'est d'accord.

D'Espaignet le fixe, surpris.

– Je leur ai lancé à tous les deux un ultimatum. Soit ils trouvaient le bois et le faisaient livrer, soit on quittait le pays dans l'heure.

Quitter la mission ! D'Espaignet manque s'en étrangler.

– Ils ont plié, conclut de Lancre, satisfait. Rien ne vaut la fermeté. Mais il n'est plus question que je m'occupe de fagots ! À toi de trouver un accord.

Contrarié par son ton autoritaire, d'Espaignet a du mal à se contenir. De Lancre a pris trop d'assurance à son goût. Non seulement il discute un ordre du roi, mais en plus il semble gagné par la folie des grandeurs. Il a ordonné de rassembler le plus de monde possible. Jetant un coup d'œil sur l'énorme bûcher que les hommes finissent de dresser, le juge se demande comment interrompre une pareille machine de guerre.

Le bourreau s'avance et interroge de Lancre sur les méthodes de combustion. Rapide ou lente ? Pour la plus rapide, il explique qu'il faut disposer à la base de la paille et des fagots, qui s'enflamment plus vite, et juste au-dessus, des bûches, en gardant pour la couche supérieure celles au diamètre plus important. Et évidemment laisser une bonne prise d'air par le bas.

– Mais, précise-t-il, le spectacle sera bref. Votre femme sera étouffée par la fumée et rôtie par la chaleur avant que les flammes ne l'atteignent. La foule risque d'être frustrée.

D'Espaignet a un haut-le-cœur. Il ne s'attendait pas à une description aussi détaillée. Il doit intervenir pour parler de l'évêque, mais le bourreau poursuit :

– L'autre solution, ce serait du bois un peu vert. Le spectacle durerait beaucoup plus longtemps.

Bois vert ou bois sec, de Lancre est perplexe. Le bourreau, qui ne veut pas qu'on lui reproche quoi que ce soit, rappelle que dans les deux cas on meurt d'asphyxie avant d'être brûlé.

D'Espaignet n'y tient plus.

– Pierre, c'est urgent…

– Plus tard, Jean, plus tard !

Et le bourreau de préciser qu'il peut enduire les pieds de Graciane avec du lard et lui attacher sur la poitrine un sachet de poudre à canon qui explosera vers la fin et la tuera net. Ce qui abrégera ses souffrances tout en renouvelant l'intérêt du spectacle.

D'Espaignet imagine déjà l'impact des hurlements de la marguillière sur la foule, et sur monseigneur d'Etchauz. Exaspéré, il rentre au quartier général. Quand Pierre de Lancre arrive enfin, d'Espaignet fait preuve de diplomatie. Il ne lui adresse aucun reproche et le félicite pour son efficacité, avant d'aborder le problème de l'évêque de Bayonne.

– Ta mission commence à peine, dit-il, ce n'est pas le

moment de te mettre l'Église à dos. Souviens-toi du conflit interminable avec l'archevêque de Sourdis et imagine qu'il t'arrive la même histoire. Ces curés-là ont le sang chaud et l'évêque n'est pas n'importe qui. Il tient le Labourd et la Basse-Navarre, les membres de sa famille sont de fervents catholiques. Jeanne d'Albret n'a jamais pu les rallier, ici on est au cœur de son diocèse. Le terrain est fragile, les huguenots n'ont pas tous abdiqué. Sois malin, brûle plutôt une de ces vieilles femmes que personne ne réclamera. On la pend avant, on la couvre et personne n'y verra rien. De toute manière, elle ou l'autre, c'est pareil.

Au fur et à mesure que d'Espaignet déroule son plan, Pierre de Lancre change de figure. Qu'est-ce que c'est que ces arrangements ! Depuis quand remplace-t-on une sorcière par une innocente ? Le discours de son ami le conforte dans l'impression qu'il a depuis quelque temps : quelque chose ne va pas. Mais là, il s'interroge sérieusement. D'Espaignet ne l'aide en rien dans cette chasse, il n'est jamais là, et à la première arrestation, il vient lui donner des leçons de stratégie.

– Crois-moi, j'ai bien réfléchi, insiste malencontreusement d'Espaignet, c'est ce qu'il y a de mieux à faire.

Furieux de cette suffisance, épuisé d'assumer sa mission dans un contexte difficile, de Lancre explose.

– Ah, tu as réfléchi ! hurle-t-il. Quand ? Et tu es là pour quoi au juste ? Je ne te vois jamais, et à la première arrestation, au lieu de me féliciter, tu t'inquiètes de ce que va penser monseigneur d'Etchauz ! Pour lui plaire, je devrais faire marche arrière ? Renoncer à exécuter la mission que le roi m'a confiée ? Passer pour un lâche face au diable et un idiot face aux gens ? Uniquement pour cet évêque ?

Habitué aux compromissions et arrangements de cour, Jean d'Espaignet ne s'attendait pas à se faire remettre en place de manière aussi brutale. De Lancre tourne comme un fauve dans sa cage.

– Si on commence comme ça, autant arrêter tout de suite ! Un autre viendra défendre son fils, un autre sa femme, et ils seront toujours plus influents, mieux placés. Alors écoute-moi bien, Jean, j'ai les pleins pouvoirs et je compte bien m'en servir. Cette fille brûlera comme prévu. Et tous sauront que ma main ne tremble pas.

Le ton est sans appel.

– Quant à toi, ajoute-t-il en plantant son regard dans celui de son ami, je ne sais pas pourquoi tu es là, mais je commence à douter de tes intentions.

Jean d'Espaignet accuse le coup. De Lancre investit sa mission au-delà de toute prévision et ni lui ni le roi n'ont vu venir le piège. De Lancre est en train de leur échapper. Pourtant un affrontement est impossible. D'Espaignet a reçu la veille une missive du palais. Les services du contre-espionnage ont découvert qu'un espion espagnol à la solde de l'Espia Mayor est dans les parages. Il est urgent de le neutraliser, avant qu'il ne livre aux Espagnols ses informations et n'anéantisse toute la diplomatie royale déployée depuis des mois. D'Espaignet ravale sa colère. Il ne lui reste plus qu'à assister à la mise à mort de cette fille et trouver au plus vite des solutions pour prévenir le chaos.

# 11

L’annonce de l’arrestation de Graciane s’est répandue dans le pays et la stupeur est totale. La jeune femme est pieuse, et sérieuse dans son travail. Personne ne croit à cette accusation de sorcellerie. Et puis Graciane doit épouser Peyo. Leur amour émeut parce qu’ils sont jeunes, parce qu’ils sont beaux et parce qu’ils s’aiment depuis l’enfance.

En entendant le grondement sourd de la foule à l’heure de l’exécution, Pierre de Lancre comprend soudain qu’il ne pouvait choisir pire condamnée que cette fille au visage d’ange. Il observe les opérations depuis la tribune prévue pour les autorités, dont la plupart sont venues avec leurs épouses. Les visages sont tendus, l’atmosphère est fébrile. Pour beaucoup, c’est une première. On entend au loin tonner l’orage. Graciane est attachée au pilier et sa tête retombe sur sa poitrine. Pierre de Lancre lui a fait donner une décoction pour l’assommer, la poudre explosive ne l’a pas convaincu, il a préféré une méthode moins spectaculaire que cette éventration. Mais la dose de sédatif est trop légère : Graciane se réveille et appelle au secours, ce qui est du plus mauvais effet.

Dans la foule, des signes avant-coureurs inquiètent l'envoyé du roi. Un homme se dresse au-dessus des autres, une femme harangue l'assistance dans cette fichue langue mystérieuse. Un rien pourrait mettre le feu aux poudres, et si la colère de cette foule explose, de Lancre n'est pas certain d'en sortir vivant. Ses hommes ne sont pas assez nombreux. Pourtant il n'éprouve aucune crainte. Le défi est plus fort que la peur. Il sent monter en lui de nouvelles forces, l'orgueil le tient, l'inconscience aussi, et la certitude d'avoir raison. Il est différent de ces officiels dans la tribune, dont il connaît les lâchetés, et de cette plèbe inculte qui se laisse manipuler. Il discerne chez Graciane le mal que le commun des mortels ne peut voir, et a le pouvoir de régler le problème. Il a été choisi, élu, pour mettre un terme à ce chaos démoniaque. Il perçoit la réalité des âmes. Un regard de travers, une vieille toute ridée, une jeune Gitane qui gesticule nerveusement au premier rang, et il perçoit aussitôt la présence du diable. Il voudrait tous les arrêter, tout de suite, mais dans la tribune on s'impatiente. Blême, l'estomac noué, d'Espaignet le voit lever la main droite. En quelques secondes la paille et les fagots s'embrasent. Les flammes montent vers Graciane. Le bourreau a bien fait son travail, le spectacle est grandiose. La foule est tétanisée. Hypnotisée, Murgui a réussi à se glisser devant. L'odeur de brûlé emplit ses narines. L'épaisse fumée qui se dégage pique ses yeux. On n'entend plus que le crépitement du feu et les bûches qui éclatent de temps à autre. Murgui a toujours entendu parler des bûchers de l'enfer où des diables armés de fourches empalent des hommes, des femmes et des enfants. Mais jamais elle n'aurait pensé assister de son vivant à une telle scène. Elle vacille. Ses yeux exorbités fixent Graciane qui hurle de peur. Murgui se tord. Elle ressent dans sa chair la morsure du feu. Ses jambes se dérobent, elle s'évanouit. Au même moment, un coup de tonnerre déchire le ciel et libère des trombes d'eau. En moins d'une minute le pays est noyé. Effrayés par la force incontrôlée des éléments, dans laquelle ils voient un châtiment divin, les officiels et leurs épouses quittent la tribune dans la précipitation et les cris. L'affolement est général. Pierre de Lancre ne réalise pas tout de suite ce qui est en train de se passer. Ses hommes, aveuglés par la fumée et les rideaux de pluie, ne peuvent contenir la foule, qui arrache et détruit le bûcher, lequel finit par s'effondrer. Dans la furie soudaine du ciel, Jean d'Espaignet lui aussi entend un avertissement. Dieu veut sauver sa marguillière ! C'est le signe qu'il attendait. De la tribune, il voit deux femmes et un homme libérer Graciane et l'entraîner tandis que la foule s'acharne sur les soldats. L'occasion est trop belle. Il envoie Justinien la capturer afin de pouvoir ensuite la remettre à l'évêché de Bayonne.

– Baisse ton casque, ordonne-t-il. Que personne ne te reconnaisse. Fais vite. L'argent t'aidera pour les manants, dit-il en lui glissant une petite pièce.

Quelques minutes plus tard, le gros de l'orage passé, la foule s'est dispersée et, émergeant du désordre, le poteau où Graciane était attachée est vide. La corde gît au sol. Devant le bûcher qui n'est plus qu'un amas de cendres et de bois carbonisé, les bras levés vers le ciel, de Lancre hurle tel un possédé :

– Personne ne m'empêchera de mener ma mission

jusqu'au bout ! Ni le démon, ni le tonnerre, ni les orages. Vous m'entendez ! Je brûlerai toutes les sorcières, toutes ! Il n'en restera plus une seule !

Véritable statue du commandeur, debout sur les cendres encore fumantes, il défie les éléments de toute sa hauteur. Jean d'Espaignet ne sait s'il doit être effrayé ou admiratif.

– Tu vois, d'Espaignet, lui crie Pierre de Lancre en l'apercevant, j'avais raison ! La malédiction est sur ce pays ! Le démon a pris possession des gens et même des nuages ! Vois ! Vois !

Déchaîné, il frappe de coups de pied les morceaux de bois.

– Il ne l'aura pas ! Je la retrouverai et je les tuerai, tous ces possédés du diable !

Les traits défigurés par la démence, il jette à pleines mains des poignées de cendres, et d'Espaignet réalise que son ami n'est peut-être pas l'homme qu'il croyait connaître. La peur le gagne. De Lancre ne doit jamais savoir que c'est lui qui a fait disparaître Graciane. Il pourrait le tuer de ses propres mains, d'Espaignet en est convaincu. Et c'en serait terminé des liens de leurs familles, de la confiance du roi. Or dans cette période trouble, il n'est pas bon de se couper des siens. L'année qu'il vient de passer comme président de la chambre siégeant en partie à Nérac dans le château royal des d'Albret a fait du juge un homme aguerri aux situations difficiles. Mais s'il pratique l'esquive comme personne, il ne connaît rien aux fous. Et rien ne perturbe autant ce juge raisonnable que les excès incontrôlés qu'il constate chez son ami.

Le lendemain matin, Pierre de Lancre a retrouvé son calme et son élégance, au point que le juge doute de sa perception de la veille. De Lancre a-t-il réellement été pris de folie ? Rassuré, d'Espaignet tente une nouvelle fois de lui faire entendre raison.

– Dieu nous a empêchés de commettre une terrible erreur en nous évitant d'exécuter une innocente. Cet orage est la main de Dieu, Pierre, j'en suis convaincu.

De Lancre brandit un livre sous son nez.

– Lis, et après on parlera. Je refuse de discuter de sorcellerie avec quelqu'un qui ne prend pas la peine de s'informer et de comprendre.

D'Espaignet reconnaît le *Malleus Maleficarum* ! L'œuvre qui fait autorité parmi les élites, catholiques et protestantes. Il ne l'a pas lu, la personnalité des auteurs le laisse dubitatif. Surtout celle d'Heinrich Kramer, dit « Institoris ». Un Allemand mort depuis plus d'un siècle, membre des sinistres « chiens de Dieu » qui étaient le bras armé du pape en terre cathare. Institoris hait les femmes. Usant de théories approximatives, il juxtapose dans son livre les termes latins de *femina* avec ceux de *fe minor*, pour démontrer que la « femme » est de « moindre foi ». Il affirme qu'elles ont passé un pacte avec le démon et qu'elles usent de ruses sexuelles pour parvenir à leurs fins.

– Ce n'est qu'un obsédé sexuel, un pervers ! s'exclame le juge. Comment peux-tu être fasciné par des théories pareilles ? Réveille-toi !

– Ces déviances dont tu parles ne sont que des ragots.

Institoris est le plus grand démonologue qui soit. Il prouve que les sorcières ont le pouvoir de déclencher des tempêtes terribles. Lis-le au lieu de te fier à ce qu'on en dit. Dans ce livre, les faits sont avérés, analysés, et je ne me fie qu'au savoir. Sais-tu pourquoi il y a tant de sorciers ici ?

– Aucune idée.

– Moi, je l'ai compris parce que j'enquête, je prends des notes ; et tous les soirs je m'enferme pour réfléchir. L'océan, la montagne, et une zone frontalière à la limite de trois royaumes, la France, la Navarre et l'Espagne. Quoi de plus facile pour se dissimuler, pour passer de l'un à l'autre ? Ce pays est idéal ! Le démon a beau jeu. Ici les sorcières baragouinent un mélange des trois langues. Impossible de communiquer, je cherche des traducteurs. Le budget s'en ressent et je perds un temps fou. Je te le répète, d'Espaignet, ce pays est infesté.

Pris de court par cette démonstration à laquelle il ne peut dénier une certaine logique, d'Espaignet s'interroge. De Lancre reste indéniablement l'homme cultivé qu'il connaît, il travaille et réfléchit. Mais qui aurait pensé qu'il réagirait tel un forcené sur un sujet dont il ignorait tout avant qu'on ne lui demande de s'y intéresser ? Le pouvoir l'a transformé et a révélé des pans cachés d'une personnalité bien plus trouble que d'Espaignet ne l'aurait imaginé.

# 12

En haut de la montagne, le vieux Paskoal est planté devant le four de Bixente que l'orage a entièrement détruit. Il vient souvent tenir compagnie au jeune charbonnier. La fabrication du charbon de bois est un travail difficile, interminable, à surveiller seul le feu, avec la crainte de s'endormir au mauvais moment et que la meule s'enflamme et ruine des semaines de labeur. Bixente a de la chance. À chaque fois qu'il s'est endormi, il a retrouvé Paskoal devant le four. Comment son ami fait-il pour lui sauver la mise à tous les coups ? Bixente l'ignore. Mais aujourd'hui, l'orage a été le plus fort, Paskoal n'a rien pu faire et le charbonnier est effondré.

– C'est fini, je ne veux plus remonter la meule ! C'est trop dur.

Et se tournant vers le ciel, il se met à tout envoyer au diable.

– Tais-toi donc ! gronde Paskoal. Méfie-toi du diable. Si tu l'appelles, il risque de venir. Souviens-toi du charbonnier de Matxinbenta ! Ça pourrait bien t'arriver.

– J'en ai rien à foutre !

– Le charbonnier aussi s'énervait. Il injuriait le ciel, l'accusait de tous les maux, menaçait, vociférait…

Bixente mâchonne nerveusement une feuille de réglisse. Il a la tête ailleurs.

– Tu m'écoutes ?

Bixente soupire. Il n'a aucune envie d'entendre des histoires du passé. Les meules ne lui laissent aucun répit, les clients non plus, toujours à négocier le prix du hêtre ou de l'érable, et souvent ils sont mauvais payeurs. Il n'a le temps pour rien, à peine d'aller à la pelote une fois par semaine et de braconner par-ci par-là avec les copains.

– Goborzuru injuriait à tout va comme toi, poursuit Paskoal, imperturbable. Et voilà-t-il pas que la montagne lui a répondu…

Il désigne le sommet de la Rhune.

– *Tu veux du bois,* a demandé la montagne, *mais tu le veux de quelle taille ?* Goborzuru a eu si peur d'entendre parler la montagne qu'il a filé sans demander son reste. Il a dû trouver un nouvel endroit pour installer sa meule et faire son charbon de bois. Crois-moi, il aurait mieux fait de garder son calme, les choses seraient rentrées dans l'ordre naturellement, et il aurait toujours sa maison. On croit souvent que l'herbe est plus verte ailleurs, et on se trompe.

– Je n'ai pas de maison et je n'ai plus de meule, Paskoal ! Ici c'est fini pour moi ! Fini !

– Cesse de jurer. Si la nature s'est mise en colère, c'est qu'elle a ses raisons. Il faut attendre, laisser passer. Réfléchir calmement, et reprendre sa route…

Bixente crache sa feuille de réglisse. Son regard fixe l'horizon, vers l'océan.

– De quelle route tu me parles, Paskoal ?

– De la tienne, ici. C'est le ciel qui a voulu cet orage, insiste Paskoal, inquiet. Il chasse les mauvais esprits et en ce moment il a beaucoup de travail. Demain, tout séchera au soleil et tu feras un charbon de bois encore meilleur que celui d'hier.

– Demain ! Toujours demain ! Moi c'est aujourd'hui que je vis ! rétorque le jeune homme avec impatience.

Paskoal comprend qu'il n'arrivera pas à convaincre le charbonnier, dont le travail est difficile, solitaire. Bixente a besoin de vivre avec ceux de son âge. Mais Paskoal a peur pour lui, peur aussi de le voir tout quitter sur un coup de tête. Il a souvent imaginé Bixente avec une femme et des enfants. Et ces enfants qui n'existent pas encore, lui, il les aime déjà.

– Ne te décourage pas, et n'oublie pas que la vie mène depuis la nuit des temps un combat qu'elle n'a jamais perdu. Tu es comme elle. Tu vas te reprendre.

Mais le jeune garçon tourne les talons, va chercher dans sa cabane un baluchon, et ressort.

– Je pars.

Le cœur de Paskoal s'arrête de battre.

– Où vas-tu ?

– Sur la côte.

– Il n'y a rien qui vaille sur la côte ! Tu dois rester ici…

– Sur la côte, il y a l'océan !

Paskoal s'affole.

– Quoi l'océan ! N'y va pas, tu m'entends ! Il fait

mauvais, et là où est parti Andrès, c'est dangereux, je le sais, je le sens ! N'y va pas, Bixente !

Mais le vent emporte ses paroles. Le jeune charbonnier s'éloigne dans la clairière, longe la forêt, et disparaît. Paskoal, démuni, ne peut détacher son regard de la ligne des arbres derrière laquelle il a disparu. Il reste là, longtemps. À ses pieds, Tchakur pousse de petits gémissements et fait des allers-retours en direction du sentier qui mène à la bergerie. Paskoal jette un dernier coup d'œil à la cabane, disperse les cendres de la meule qui a fini de se consumer, et suit son chien qui court déjà sur le sentier. Le vieil homme a le cœur serré. Il sait que rien ne peut retenir les enfants quand ils ont décidé de partir.

# 13

L'histoire de Graciane a fait le tour du pays, et la peur se fait contagieuse. Dans chaque maison, on murmure que la disparition de la jeune femme pendant l'orage est la volonté de Dieu, ou du diable, c'est selon. Certains commencent à douter de son innocence, d'autres évoquent l'idée de fuite en Espagne. Murgui est rentrée chez elle et sa mère n'a rien pu en tirer. Une forte fièvre l'a clouée au lit et elle divague. D'affreuses visions la poursuivent. Celle d'un cavalier qui, dans l'affolement autour du bûcher, a fendu la foule à cheval, puis s'est enfui au galop après avoir arraché Graciane des mains de ceux qui l'avaient délivrée. Il a été rapide, mais avant qu'il ne baisse la visière de son casque, Murgui a eu le temps de voir son visage et de croiser son regard.

Justinien frappe à la porte de la sacristie de la cathédrale de Bayonne. L'évêque est absent. Le prêtre qui lui ouvre est méfiant. Justinien lui explique que Graciane est la marguillière d'Iban et qu'il faut la remettre en secret à l'évêque, de la part du juge d'Espaignet. Le prêtre finit par accepter et

Justinien fait descendre Graciane de cheval. Le mauvais drap, que les femmes avaient mis sur elle pour la cacher, glisse peu à peu et la découvre : ses cheveux ont été coupés grossièrement, ses yeux sont gonflés et hagards ; défigurée, elle tremble de peur. Impossible de retrouver dans ce visage les traits harmonieux de la jeune femme qui priait dans l'église.

Le prêtre s'empresse d'enfermer Graciane ; bouleversé, Justinien la quitte, se demandant ce qu'elle va devenir. Secouée de tremblements nerveux, Graciane n'est plus que souffrance. L'orage l'a trempée, elle est nue sous une chemise de coutil qui lui tombe à mi-mollet et elle grelotte. Brisé par la torture, son corps est un lit de douleurs. Elle revient de l'enfer. Avant de la mener au bûcher, on l'a battue, on lui a craché au visage, on lui a arraché ses vêtements. Nue, on l'a inspectée jusqu'aux parties les plus intimes pour trouver la marque du diable. L'humiliation a été effroyable, elle a uriné de terreur. Elle n'existe plus, n'a plus aucune idée du temps ni de l'heure. La faim lui tord le ventre. Elle a soif, sa bouche est sèche, elle l'ouvre pour chercher un peu d'humidité dans l'air et tente de bouger. Mais son corps n'est qu'une plaie vivante. Elle voudrait appeler, aucun son ne sort de sa gorge brûlante, alors elle ferme les yeux et se laisse glisser. Le monde réel disparaît. Dans le néant, elle entend la voix de sa mère, qui avait toujours peur que les laminak enlèvent sa fille, ou les lamiæ antiques, les vampires grecs, tous ces êtres fantastiques issus de la nuit des temps que les femmes évoquent pendant les veillées. Graciane sait que certains ont les pieds palmés, que d'autres sont comme des oiseaux, parfois ils sont bons, d'autres sont des voleurs de femmes. On ne peut pas les distinguer. Pour faire peur à Graciane, pour l'empêcher d'aller seule sur des sentiers isolés ou de s'attarder à la nuit tombée, la mère d'Iban lui racontait les disparitions inexpliquées de jeunes filles du pays qu'on n'avait jamais retrouvées. Comme cette bergère qui gardait ses moutons dans un pré en Soule. On disait qu'un lamina l'avait emportée et l'avait cachée dans la grotte d'Hareguy, près d'Aussurucq. Mais un jour, elle était revenue et avait raconté une tout autre histoire. Elle avait accusé un voisin de l'avoir séquestrée et violée pendant plus de quatre années. Par miracle elle avait réussi à lui échapper. Mais le voisin était bien vu au village et avait une femme et des enfants. Personne n'avait cru la pauvre bergère. On avait dit qu'elle avait perdu la tête à cause des laminak, et sa mère, effrayée et honteuse, l'avait enfermée. Les voleurs de filles sont la terreur de toutes les mères, dont celle de Graciane. Mais dans l'intimité de leur maison, sa mère l'avait mise en garde : mieux valait se méfier des hommes que des laminak.

« Ne sois jamais naïve, lui avait-elle dit, et ne compte pas sur un beau parleur pour te sortir d'un guet-apens. Ce sera plutôt lui qui t'y mettra. Ne compte que sur toi. »

La voix de sa mère résonne dans le cerveau meurtri de Graciane et tout se brouille dans sa tête. Elle a mal, elle a honte, et elle a peur des hommes et des laminak. Un vertige la prend. Elle a froid, elle divague. Elle ne sait pas où elle est, elle veut fuir.

– Graciane !

C'est Iban. Le prêtre est venu la chercher. Bouleversé, il

veut prendre sa sœur dans ses bras, mais terrifiée elle se recroqueville dans un coin. Son beau visage est massacré, Iban en pleurerait, et pourtant il rit à travers ses yeux embués.

– Viens, dit-il. Je suis là, c'est moi, Iban. Je ne les laisserai plus te faire du mal, pardon, pardon ma Graciane. Viens, on rentre à la maison.

Mais Graciane ne le reconnaît pas. Elle le repousse violemment, crie et se cache le visage. Alors Iban s'effondre et pleure comme il n'a jamais pleuré. Sa sœur si belle est défigurée. Elle n'est plus là, elle est partie ailleurs, dans un autre monde.

## 14

Inquiet, le père de Murgui a fait appel à Amalia. La jeune fille tremble. La guérisseuse la masse patiemment avec un onguent de sa fabrication, puis sort de son panier une petite fiole et lui fait boire quelques gorgées.

– Ce que je lui donne va l'assommer jusqu'à demain. Et quand elle se réveillera, elle aura tout oublié. Les mauvaises pensées auront disparu. Surtout, ne lui demandez rien.

Quand le père de Murgui est venu la chercher, Amalia rentrait de sa cueillette. Elle était partie en forêt pendant deux jours entiers, c'est donc lui qui lui a appris l'affaire du bûcher. Qui sont ces hommes venus de Bordeaux ? Que veulent-ils ? se demande-t-elle. Depuis qu'ils sont arrivés, on entend les pires choses.

– C'est le diable qui a délivré Graciane, affirme le père tout en se servant un verre de cidre. Qui d'autre pour faire tomber des trombes d'eau pareilles ?

Le diable ? Amalia se demande d'où lui vient une telle idée. Lui et sa femme sont persuadés que Murgui est victime d'un mauvais sort, que sorcières et démons se sont glissés dans la foule. Pour les gens de ce pays, la sorcière est une magicienne, qui conjure les mauvais sorts et peut aussi en jeter, mais qui n'a rien à voir avec le diable. Encore moins avec les orages. Les seules divinités capables de maîtriser les éléments sont Mari, la déesse de la nature, et son amant Sugaar, maître des colères du ciel, du tonnerre et des orages. Alors, le diable ?

– Il s'est installé chez nous, les hommes du roi l'ont dit. Il corrompt les filles et même les enfants avec des sorcières qui les emportent pour le sabbat la nuit quand tout le monde dort. La fille qui travaille chez Darrigrand raconte partout qu'elle y va. Elle s'en vante.

Amalia connaît bien Maria Catalina, la servante dont parle le père de Murgui. C'est elle qu'elle a surprise à la grotte la nuit de la tempête. On la surnomme Lina. Elle a toujours eu besoin de faire parler d'elle, et a déjà, par le passé, raconté avoir été sous la domination du diable et avoir participé à des sabbats. Pour Amalia, les filles de cette trempe sont des menteuses ; elle coupe court :

– S'il fallait croire ces filles, depuis le temps. Surtout Lina…

– Non, crois-moi Amalia, celle-là c'est une vraie sorcière, insiste le père. Elle a la sale manie de vider son seau d'eau graisseuse dans la rue et ça coule jusque devant ma porte. Ça pue, ça attire les rats et ça colle au sol. Elle fait ça parce qu'elle a la flemme d'aller le vider au port. J'ai été me plaindre jusque chez les Darrigrand. Ils sont ennuyés, eux aussi désapprouvent ses façons de faire, et tiennent à ce qu'on garde de bons rapports. Mais tu aurais dû voir le regard que Lina m'a jeté. Elle a le mauvais œil. C'est une sorcière, je te dis.

Amalia a déjà entendu le père de Murgui et d'autres voisins râler contre cette fille, et elle aussi l'a surprise à jeter l'eau souillée dans la rue. Mais Lina n'écoute personne.

– Depuis quelques jours, continue le père, on ne la voit plus. Il paraît qu'elle s'est repentie de toutes ces horreurs que le diable lui a fait faire.

Le père tremble de colère et de peur, sa femme en rajoute.

– Lina a porté malheur à notre Murgui parce qu'on s'est plaints aux Darrigrand… Toutes ces catastrophes, c'est à cause d'elle et de ses amies… Elles sont possédées… Le pays est infesté, et bientôt on aura la peste… On mourra dans d'atroces souffrances.

Amalia tombe des nues. Comment peuvent-ils prêter le moindre intérêt à ces racontars ? Cette fille entraîne ses amants dans la grotte et raconte après que ce sont des histoires de sorcières. Or, des histoires pareilles, il y en a toujours eu, elles finissent aux oubliettes. Quant au diable, pour Amalia c'est l'affaire des savants, des prêtres et des seigneurs de religion chrétienne qui affirment qu'il est le roi de l'enfer et que Dieu est celui du paradis. Il y a bien longtemps, des hordes de vandales venus de l'est avaient semé la terreur et balayé les premiers chrétiens. Saint Augustin n'avait pas encore écrit *Je viens défendre la cité de Dieu* et la marque de cette période noire avait traversé le temps. *Allez annoncer la véritable religion aux habitants qui sont adonnés au culte des démons*, avait ordonné l'évêque de Bordeaux après la chute de l'Empire. Mais l'évangélisation avait dû attendre que le pape envoie saint Léon fonder un évêché à Bayonne. Le saint homme s'était attelé à la tâche, mais avait rapidement été décapité par des pirates vikings. Sa légende et son culte ont durablement marqué la ville, on le dit « grand zélateur de l'honneur de Dieu et chaste toute sa vie ». Quant à San Fermín, le grand missionnaire de Pampelune, il est apparu plus tard, et le peuple basque a ainsi conservé ses anciennes croyances, sa déesse Mari, ses laminak et son basajaun. Tout comme il a préservé sa langue malgré les multiples invasions. Au fil des générations et des guerres, il s'est adapté, sans renier ses origines et ses anciens dieux. C'est sa force. Jamais les femmes de la famille d'Amalia ne se sont intéressées à cette religion qui s'est implantée sur leurs terres basques. Par curiosité, Amalia est entrée un jour dans une église et a été impressionnée par les sculptures et les dorures des retables. Tant de faste pour prier alors que dans la grotte de la déesse Mari on s'assied au sol. Amalia n'a pas aimé que l'on distingue les riches des pauvres, avec toutes ces chaises confortables au premier rang, elle a préféré garder sa déesse et ses petits génies de la montagne. Et aujourd'hui, cette histoire de juges et de sorcières ne lui dit rien de bon.

Elle est allée voir le prêtre de Zugarramurdi, qu'elle soigne d'une arthrose douloureuse, il lui a donné son avis :

– Lina se venge. Elle est remplie de haine, et profite que les propriétaires terriens et les armateurs s'accusent de sorcellerie à tour de bras pour accuser elle aussi à tort et à travers. C'est une dévergondée qui couche avec filles et garçons, on l'a surprise nue sur la plage de Saint-Jean avec une fille et une autre fois avec un homme de Guéthary. Elle ne se cache même pas, c'est un vrai défilé dans la grotte. Et plus elle parle, plus les choses qu'elle raconte sont sales. Qu'elle se traite elle-même de sorcière, c'est son problème, mais désormais elle multiplie les accusations, et à force de l'entendre répéter les mêmes inventions, des idiots ont fini par la croire. Et je te le dis Amalia, les imbéciles sont nombreux !

Amalia connaît bien les familles de la région, et les histoires des uns et des autres. Lina a été placée, enfant, à Ciboure dans la maison d'un homme connu pour son goût pour les jeunes filles ; Amalia soupçonne qu'il n'est pas pour rien dans la hargne qui habite Lina. Et avec la venue des juges de Bordeaux, elle craint que cette affaire de sorcières ne prenne une tournure dangereuse. Certes, elle se rassure en se disant qu'heureusement, le mal n'a pas gagné les Espagnols. Ils ont quelques procès en cours, mais les inquisiteurs du tribunal de Logroño ne se précipitent pas pour qu'ils aboutissent. Avec leurs Maures et leurs juifs, ils ont d'autres chats à fouetter. Et puis, avec un peu de chance, songe Amalia, les ragots de Lina finiront par être oubliés.

Elle décide de ne plus y penser et de se concentrer sur ses patients et ses récoltes. Pour le père Etchegoin, il lui faut cueillir une quantité importante de colchiques. Elle les ramasse délicatement et veille à ne pas laisser s'échapper les fines étamines de la petite capsule qui se cache au cœur de chaque fleur. Des graines dont l'absorption peut être fatale, mais en s'y prenant bien, la préparation se révèle un onguent miraculeux. Soucieuse de progresser, elle teste régulièrement ses préparations, les modifie, et constate que ses connaissances s'élargissent et s'améliorent d'année en année. Elle est seule dans le pays à pouvoir soulager des maux encore mystérieux, et a créé avec ceux qui souffrent des liens d'une grande confiance. Il y a bien un médecin installé dans la région, mais ses saignées intempestives se sont mal terminées, et le moins qu'on puisse dire, c'est qu'il ne s'est pas fait beaucoup d'amis.

Ce matin, le père Etchegoin révèle à Amalia que l'envoyé royal est venu avec une caravane impressionnante de spécialistes, dont des chirurgiens…

– Des chirurgiens ! Pour quoi faire ?

– Je n'en ai aucune idée, mais ce que je peux te dire, c'est que l'un est un maréchal-ferrant, et l'autre barbier à Bordeaux. Qu'est-ce qu'ils y connaissent ceux-là à la chirurgie, et à la sorcellerie, hein, tu vas me dire ?

Plus curieux que la plupart de ses confrères, le père Etchegoin s'intéresse de très près à la vie publique. Quand le Nouveau Testament a été traduit en basque en 1571, il est l'un des rares à se l'être procuré, et le seul à l'avoir lu. L'arrestation de Graciane l'inquiète. Condamnée sans jugement sur des critères inventés de toutes pièces… Cette situation lui rappelle une histoire de poux. Du livre de l'Exode, il cite de mémoire à Amalia une phrase qui parle d'Aaron et du pays d'Égypte.

– *Les magiciens employèrent leurs enchantements pour produire les poux, mais ils ne purent pas. Les poux étaient sur les hommes…* Tu vois, Amalia, je me demande où cet envoyé royal est allé chercher ses critères de sorcellerie. Il doit lui aussi avoir quelques poux dans le cerveau. Car je ne crois pas qu'un roi ait mis en œuvre de tels moyens simplement pour arrêter des femmes.

Et il raconte qu'il a observé d'étranges allées et venues la nuit sur le chemin qui longe la rivière frontalière, connue pour être un repaire de contrebandiers et de trafiquants de toutes sortes. Derrière cette mission de sorcières, il soupçonne des enjeux secrets. Pour lui, l'indépendance des habitants de ce pays ne plaît pas en haut lieu. La chasse aux sorcières est un bon moyen pour rétablir l'ordre.

– Henri IV veut nous mettre au pas !

Amalia l'écoute perplexe. Comment en quelques jours à peine cette affaire de sorcières a-t-elle pu prendre une telle ampleur ? Les gens parlent trop. Nombreux sont ceux qui échafaudent des hypothèses insensées. Les épidémies, les cultures détruites par les terribles cataclysmes des dernières années ont durement touché les familles, et les sorcières viennent à point nommé. Elles portent sur leurs épaules le poids de tous les malheurs. Or pour Amalia ce ne sont que des inventions. Seule la nature est toute-puissante et mérite qu'on y fasse attention. Cataclysme ou pas, les graines arrivent toujours à s'enraciner dans la montagne, dans le creux des chemins. Trop de chaleur ou trop de pluie et il faudra marcher de longues heures parfois pour les trouver, selon les années et le temps elles ne poussent pas aisément, ni au même endroit, mais elles poussent, et Amalia les repère grâce à un ensemble de données comme l'ombre ou la lumière, l'humidité de la terre. Elle s'est aperçue que les plantes sélectionnent leur compagnie. Ces compositions naturelles, elle a appris à les connaître, et sa mère et sa grand-mère l'ont avertie : « Tu verras, les plantes changent et évoluent. Les rivières et les sources aussi. Tu dois être prudente, une bête morte en amont et l'eau pure de la veille devient un poison mortel sans que tu le saches. » Amalia en a fait la douloureuse expérience par le passé quand un jeune garçon a failli mourir après avoir bu une de ses décoctions de gentianes. Le coupable était la carcasse d'un agneau, qui pourrissait sous les herbes en amont de la rivière et qui avait infecté l'eau. Le garçon a été sauvé, mais Amalia a failli perdre sa réputation. Depuis, elle redouble de vigilance, et contrairement à ce qu'elle en laisse paraître, elle n'est jamais tranquille.

Sur une route entre Saint-Pée-sur-Nivelle et Sare, il y a un pont. Quel que soit le temps, Amalia s'arrête et observe l'eau. La rivière est vivante. C'est une amie divine qui coule à l'ombre des grands arbres, et qui rassure. Parfois le soleil perce ses zones secrètes et Amalia aperçoit furtivement l'éclair de poissons argentés. Perchées sur leurs hautes pattes fragiles, de fines libellules se laissent bercer par le courant, inconscientes des prédateurs cachés sous les pierres. Comme cette grenouille qu'Amalia avait vu surgir, avalant la libellule. Puis une perche avait englouti la grenouille. Le drame n'avait duré qu'un millième de seconde, et rien ne l'avait signalé au reste du monde. D'autres libellules étaient venues se poser sur les eaux, d'autres grenouilles coassaient et d'autres perches glissaient dans les flots. Le soleil brillait, et la rivière s'en allait tranquillement vers l'océan lointain. La vie continuait.

La nature donne la vie et la reprend, Amalia l'accepte et les accusateurs de sorcières ne sont que des hommes dont il vaut mieux ne jamais croiser le chemin. Mais aujourd'hui, après avoir entendu le père Etchegoin, elle s'inquiète. Ce n'est pas la première fois que des clans et des familles s'accusent mutuellement de sorcellerie, mais c'est la première fois qu'un roi envoie une troupe de juges et d'hommes armés pour régler les choses. Dans le passé, il y avait eu un lieutenant dont le nom fait encore trembler les gens du pays. Un certain Boniface de Lasse. Le 2 octobre 1576, sans tenir compte des démarches juridiques habituelles, il avait fait pendre et brûler une jeune fille qui avait couché avec un homme noir. Pour ce Boniface, ce Noir était le diable. On avait dénudé et écartelé la pauvre fille. Elle avait hurlé toute la nuit et avoué toutes sortes de choses au fur et à mesure que les hommes tiraient sur ses membres. Entre autres qu'une sorcière avait pris possession de son esprit et l'avait aidée à rejoindre le sabbat d'un bouc qu'elle avait embrassé sous la queue, la nuit, sur la grande lande.

La grand-mère d'Amalia l'avait mise en garde : « Quand les hommes ont peur, ils s'accusent d'actes particulièrement sordides. C'est comme ça depuis la nuit des temps, ne t'en mêle pas. Parce qu'il y a toujours quelqu'un pour te vouloir du mal, sans même que tu saches pourquoi. Quelqu'un pourrait prétendre qu'avec tes plantes qui font des miracles, tu es une sorcière. J'ai dû ruser bien souvent, crois-moi. Soigne les malades, et si tu veux la paix et ne pas finir sur un bûcher, reste à l'écart. »

Le soir tombé, en rentrant chez elle, Amalia chasse toutes ces mauvaises pensées. Elle remet une bûche dans la cheminée et sourit. Elle est heureuse de savoir que Paskoal existe, et ce bonheur et son travail remplissent sa vie. Une soupe d'orties et de pommes de terre dans laquelle elle ajoute un mélange d'herbes parfumées cuit lentement dans la marmite sous le manteau de la cheminée. Une chandelle éclaire la pièce de terre battue, des fleurs et des branchages sèchent pendus au plafond. Amalia mange sa soupe et, comme tous les soirs, lave son bol, pose ses vêtements bien pliés sur une chaise, puis se couche.

Le feu jette ses dernières flammes, et Amalia fixe longuement les braises rougeoyantes. Elle pense à Lina, à ces réunions dans les grottes de Zugarramurdi, où il est toujours question des mêmes vilenies, d'accouplements adultères, libertins et même incestueux, auxquels participent des enfants. Ces déviances existent, Amalia le sait, mais elle sait aussi que ceux qui les racontent ont une imagination fertile. Femmes volant sur des balais, sorcières, boucs, diables en rut, ils décrivent un décorum d'apocalypse, et elle n'arrive pas à en comprendre la raison. Pourquoi tant d'excès ? Elle envie Paskoal qui vit loin des hommes, avec pour seule compagnie son chien, ses bêtes, et les oiseaux du ciel.

# 15

Après avoir quitté Paskoal, Bixente est descendu jusqu'à la côte. Il s'est assis sur le muret au bout de la jetée de Saint-Jean, face à l'océan. Jambes ballantes, tête dans les nuages, les yeux perdus dans le ciel immense au-dessus de lui, il pense à son frère Andrès. Il l'envie. Comme lui, il aimerait embarquer pour des pays inconnus, loin de son tas de cendre et de toute cette poussière grise. Au dernier retour, les cales étaient pleines à ras bord, et le port noir de monde. Les marins revenaient en héros, tous avaient fait la fête deux jours et deux nuits durant. Massées au bord de la jetée avec les enfants, les femmes hurlaient de joie au fur et à mesure que le navire se rapprochait.

« Ils arrivent ! Ils arrivent ! » Elles agitaient des foulards de couleurs au-dessus de leurs têtes. Quand le navire avait été à portée de voix, leurs cris avaient redoublé d'intensité. Beaucoup s'étaient effondrées en larmes en apercevant leurs compagnons accoudés au bastingage. Nombreuses brandissaient fièrement des bébés comme des trophées. Après plus de six mois d'absence, leurs hommes rentraient enfin à la maison. Bixente était descendu la veille de sa montagne pour être le premier. Son grand frère lui avait raconté sa nouvelle vie de marin. L'immensité de l'océan, sa furie, la force des vents. Il lui avait raconté aussi la richesse des eaux de Terre-Neuve, des bancs de poissons énormes, des morues à ne savoir qu'en faire, des filets qu'il suffisait de jeter et de ramener pour en faire le plein. Et la chasse des baleines au harpon dans de petites embarcations qui se retournaient à la moindre erreur sous la puissante résistance des bêtes qui tentaient de se dégager. Un corps-à-corps féroce. Andrès avait décrit la furie du mammifère géant, sa force herculéenne et l'incroyable contact de sa peau épaisse, lisse et souple, encore vivante sous leurs mains quand ils l'encordaient pour la ramener sur la terre ferme en la tirant à plusieurs barques. Un travail dangereux, mais un formidable travail d'équipe. Ce jour-là Bixente avait compris que son frère avait grandi, qu'il avait vu de larges horizons. Il était buriné, plus fort.

Le jeune charbonnier ne pouvait deviner ce qu'Andrès et les autres marins taisaient. La puanteur et l'humidité des bat-flanc sur lesquels ils dormaient à tour de rôle, les cordages qui brûlaient les paumes, et la faim lancinante. L'alcool qui tord les boyaux, mais qui aide à tenir. Et surtout les tempêtes qui font surgir des vagues tellement hautes qu'elles balayent les ponts et déchirent les voiles.

– C'est un métier difficile, petit frère, lui avait juste avoué Andrès. Mais j'aime le grand large, je suis plus vivant sur l'océan que sur terre. Et j'aime nos veillées avec les copains le soir, autour du feu, à faire la tambouille. On est épuisés, mais heureux, parce qu'on sait qu'on a dans nos cales de quoi nourrir les familles. On parle du pays, on chante ! C'est magique là-bas, si tu savais. Il fait froid, mais les champs de neige et de glace, c'est immense et beau comme un paradis.

Devant son tas de charbon noir, Bixente s'était mis lui aussi à rêver au grand pays blanc. Il en avait imaginé les vastes étendues, et la lumière. Et ce jour-là, en apercevant son frère avec son béret tout en haut de la passerelle et qui leur faisait de grands signes, il avait hurlé de joie. Dans l'enthousiasme, il avait soulevé sa belle-sœur pour qu'Andrès la voie de loin. Il se souvient de leur fougue ensuite. Ils s'embrassaient partout, sur les joues, les lèvres, les cheveux, ils se touchaient pour être bien sûrs que c'était vrai, qu'ils étaient de nouveau réunis. Ils riaient, heureux, seuls au monde au milieu de cette foule surexcitée qui les bousculait et les emportait.

– Andrès ! Peyo ! Je veux partir avec vous ! Revenez, revenez vite !

Debout à l'extrême bord de la jetée, Bixente hurle face à l'océan. Lui aussi veut l'affronter, lui aussi veut des copains et de larges horizons. Et ne plus être seul à veiller jour et nuit sur ce charbon qui asphyxie ses poumons et les pores de sa peau. Il est décidé, il n'y retournera plus, il prendra la mer. Dans l'enthousiasme, il crie comme s'il était seul au monde, sans remarquer que depuis le quai un homme l'observe. Pierre de Lancre ne connaît pas Bixente et ne comprend rien à ses cris. Mais pour lui, cette manière de gesticuler et de haranguer l'océan ne peut être celle d'un honnête homme.

– Vois celui-là qui se démène tel un beau diable, dit-il à Jean d'Espaignet. Vois comment au vu de tous il appelle en toute impudeur les diablesses des fonds marins.

Jean d'Espaignet n'entend rien à cette histoire de diablesses.

– Si tu parles de ce garçon sur la jetée, c'est un charbonnier. Il y en a plein la montagne.

– Alors pourquoi il n'est pas à sa meule ? Pourquoi il est au port où il n'a rien à faire ? Et pourquoi il en appelle à l'océan comme un possédé ?

– Peut-être qu'il a trop bu.

De Lancre esquisse un sourire mauvais.

– Mon grand-père m'a expliqué la fabrication du charbon de bois. Le charbonnier doit surveiller sa meule jour et nuit. Celui-là trouve le temps de venir hurler tout seul devant l'océan, et toi, ça ne t'étonne pas ?

Jean d'Espaignet ne comprend pas où son ami veut en venir.

– Je vais immédiatement le faire arrêter, poursuit de Lancre. Il appelle les mammifères cachés dans l'océan, voilà pourquoi il crie comme un sauvage. Le mal ne cesse de passer des uns aux autres. C'est une épidémie. Rien ne me découragera de faire le grand nettoyage et personne n'en réchappera. Même les gens d'Église sont infestés, même en haut lieu, des familles, des enfants…

Inquiet, Jean d'Espaignet l'écoute dérouler sa litanie. De Lancre ne cherche aucun acquiescement, ne demande aucun avis. Il se parle à lui-même. Il est seul.

– On m'a signalé une repentie qui a participé à des sabbats à Zugarramurdi. Je vais la convoquer et passer ce gesticulateur à la question. Je veux tout savoir de ce qui se déroule dans les fonds marins. Après, on le pendra ou on le flambera. Il faut faire des exemples au plus vite, afin que plus personne en ce pays ne s'avise de trahir la parole divine. Et cette fois, il n'y aura pas d'orage salvateur.

À force de chercher le diable et son cortège de sorcières en tout lieu et en tout être humain, le cerveau de Pierre de Lancre s'est enfiévré. D'Espaignet en est maintenant convaincu. À la nuit tombée, son ami fait défiler dans sa tête ses journées passées à courir les villages, et des heures durant il écrit, quêtant inlassablement le sens caché des scènes auxquelles il a assisté. Des ombres dansent sur le mur de sa chambre. La fatigue le gagne et des images libidineuses le hantent. Au petit matin, il se réveille en sueur, ouvre largement ses fenêtres et aspire de grandes bouffées d'air frais pour retrouver son calme. Mais les visions lubriques le poursuivent, l'obsèdent. À le voir sur cette place, élégamment vêtu, peigné et rasé de frais par son barbier, il ne paraît rien de ses tourments nocturnes et de l'homme poisseux qu'il peut être, cheveux en bataille, l'air égaré. Au contraire, il semble serein, maître de lui, déterminé à régler le problème de manière méthodique.

– Emmenez cet individu immédiatement, ordonne-t-il à ses hommes en désignant Bixente, on va le passer à la question. Et faites chercher la repentie de Zugarramurdi.

Jean d'Espaignet tente de l'arrêter. Pourquoi s'alarmer si vite ? Ne vaudrait-il pas mieux se renseigner plus avant sur ce garçon ?

– Faites ce que je dis, tranche brutalement de Lancre. Ici, c'est moi qui donne les ordres. Arrêtez ce garçon et conduisez-le au cachot.

D'Espaignet comprend que la situation lui a échappé, mais il refuse de cautionner les décisions de son ami et n'a pas l'intention de se laisser donner des ordres, pas plus que de s'intéresser à ces diableries. Il décide de s'éloigner.

– Tu as raison Pierre, dit-il fort diplomatiquement, je n'y connais rien. Je n'interviendrai plus dans tes décisions.

Et il s'en va faire des relevés topographiques à Ciboure, où il a repéré un emplacement idéal pour construire le fort destiné à protéger la côte d'éventuelles attaques espagnoles.

# 16

Une fois d'Espaignet parti, la chasse pour Pierre de Lancre peut enfin prendre son véritable essor. L'envoyé royal a préparé sa plume et de quoi prendre des notes. Il ne veut rien laisser passer des confessions de celle qui clame haut et fort avoir été une possédée du diable, et s'être repentie. Maria Catalina arrive en fin d'après-midi. Pour la première fois, de Lancre va connaître le moindre détail des réunions nocturnes du sabbat. Fébrile, curieux et inquiet, il l'attend avec impatience. Dès qu'elle entre, il lève un regard fiévreux sur elle. Tout en cette fille est excessif. Sa poitrine arrogante, ses yeux de chat, sa peau laiteuse, ses cheveux bouclés, sa bouche charnue, et sa voix aiguë. Tout déborde, tout en elle semble fait pour provoquer le désir. À la demande de De Lancre, elle s'assied, prenant un air de grande dame, avant de plonger en avant pour lui mettre sous les yeux son décolleté pigeonnant. Elle sait ce qui fait fantasmer les hommes, y compris ceux qui paraissent les plus indifférents. Et quand elle se redresse, elle comprend qu'elle a vu juste. L'austérité de Pierre de Lancre n'est plus qu'une façade, son visage s'est durci, ses mâchoires sont crispées, et ses mains tremblent. Cet homme que tous redoutent est un frustré et Maria Catalina est une manipulatrice hors pair. Quand il la questionne, elle lui offre immédiatement ce qu'il attend. Elle raconte, détaille, n'omet rien de ce qu'il désire entendre et qu'elle prétend avoir vécu. Il l'écoute, fasciné. Il ne se lasse pas des précisions dont elle l'abreuve avec une maîtrise digne des plus grandes tragédiennes. Les yeux plissés, elle se penche vers lui en chuchotant d'inavouables détails. L'envoyé royal est hypnotisé. Jamais il n'a eu affaire à une femme pareille. Les mains moites, il a du mal à écrire, le souffle court, il est comme contaminé par ces faits scabreux, comme infecté par ces révélations de femelles qui se font prendre par un bouc, et de libertins prêts à tout pour satisfaire leurs désirs. Des gouttes de sueur perlent à la racine de ses cheveux, il les essuie régulièrement à l'aide d'un mouchoir. Lina l'observe. Cette manière de parler, de se tenir, et le raffinement de ce bout de tissu qu'il tire de la poche de sa veste pour tamponner son front. Il est indiscutablement beau. Elle sent qu'elle l'attire, mais elle a connu trop d'aventures pour être dupe. Il n'est pas du genre sentimental. Loin de là. Même si elle parvient à le séduire, il finira par se reprendre et alors elle ne sera plus rien. Mais pour l'heure, près de lui dans son bureau, elle n'est plus l'insignifiante domestique de Ciboure. Elle sent le pouvoir qu'elle exerce sur cet homme qui les fait tous frémir. Consciente d'attiser chez Pierre de Lancre un désir coupable, elle laisse déborder le flot de son imaginaire pervers en jouant de ses charmes. Lina mène le bal et jubile quand, brutalement, de Lancre coupe court. Son visage se ferme. Il ordonne au garde de la raccompagner tout en disant à la femme de rester à proximité, qu'il aura encore besoin d'elle. Déstabilisée, Lina quitte la pièce en lui jetant un regard perçant. L'envoyé royal a un mouvement de recul. Ce regard et cette opulente poitrine l'obsèdent. Il ne peut admettre qu'une femme aussi ordinaire puisse avoir la moindre prise sur lui, homme de la meilleure société, cultivé, raffiné. Il s'est repris à temps. Il décide cependant de ne pas écarter définitivement une source d'information aussi exceptionnelle et se convainc qu'il a beaucoup de chance d'avoir à disposition une repentie aussi prolixe. Pour ne rien oublier, il note frénétiquement les moindres détails du récit qu'elle vient de lui faire.

Jamais d'écarts de conduite, d'excès de boisson ni d'infidélités, la morale de Pierre de Lancre est le garant de sa foi, de sa famille et de ses biens. La transgresser, et l'enfer s'ouvrirait sous ses pieds. Sa règle : travailler avec une rigueur de forçat. Pourtant cette fois sans qu'il en ait conscience, sa plume l'emporte dans des zones obscures qui mettent ses émotions à nu, laissant apparaître dans chacun de ses mots le trouble qui s'empare de lui. Pour la première fois, l'envoyé royal se retrouve face à une femme qui lui rappelle celles qu'il maudit.

Pourtant, les jours qui suivent, il ne peut s'empêcher d'aller l'observer de loin. Il y va comme on va vers le danger, comme on se penche, électrisé, au bord du vide. Il ne s'avoue pas qu'il est prêt à tout pour ressentir à nouveau ce désir qu'elle a fait monter en lui.

# 17

Justinien traîne du côté des estaminets de la côte. Il doit récolter des informations pour de Lancre, mais il cherche aussi à en savoir plus sur Graciane. Depuis qu'il l'a laissée à l'évêché, il ne cesse de penser à elle et il ne peut questionner Jean d'Espaignet qui ne s'intéresse pas du tout à son sort. Attablé dans un estaminet de Saint-Jean-de-Luz, il commande une pinte de cidre, jette un coup d'œil autour de lui et ouvre ses oreilles. L'endroit est bas de plafond. Dans la pénombre de ce genre de lieu, on peut en apprendre beaucoup quand les hommes ont un peu trop forcé sur la boisson. Au fil de ses visites, il repère trois hommes toujours attablés au même endroit. Il s'installe à la table voisine. Visiblement très occupés à écouter ce que l'un d'eux raconte, les hommes ne remarquent pas sa présence, d'autant qu'il s'est affalé sur la table comme s'il était ivre et dormait à moitié. Il comprend qu'il s'agit d'une histoire de rivalité entre deux clans ennemis.

– Tout est la faute de Jean Degoyetche, dit le plus âgé. La municipalité de Bayonne lui a fait payer une caution exorbitante pour libérer sa cousine et depuis il ne décolère pas.

Justinien comprend qu'une certaine Marguerite et une Catherine de La Masse ont accusé de sorcellerie ladite cousine qui a été emprisonnée, et que l'histoire aurait été jusqu'au bûcher si Degoyetche n'était intervenu en déboursant une forte somme.

– Il est furieux d'avoir payé aussi cher mais on ne va pas s'inquiéter pour lui, intervient le plus jeune. Il est riche et va beaucoup mieux depuis qu'il est vengé.

– Vengé, comment ça ?

– Ben oui.

– Qu'est-ce que tu en sais ? insiste le plus vieux, contrarié de ne pas en avoir été informé.

– Devine ! reprend l'autre en éclatant d'un rire forcé. C'est moi qui ai mis la rouste aux deux filles qui ont accusé sa cousine.

– Non ! s'écrient en chœur les deux autres, éberlués. Ne nous dis pas que c'est toi qui les as détroussées !

– Si, et pas tout seul.

Et il raconte. Il passait à cheval avec trois amis dans le bois de Jalday quand ils ont croisé les deux accusatrices. Ils sont tombés sur elles de fort vilaine manière.

– On a vengé la cousine de Degoyetche. On a enlevé toutes leurs frusques aux deux accusatrices et après, cul par-dessus tête, on leur a fait connaître toutes les humiliations. Tu aurais dû les voir, elles ne faisaient pas les malignes. Elles glapissaient à qui mieux mieux, nous menaçaient et nous suppliaient, en appelant à Dieu et à tous les saints.

De l'échange qui suit, Justinien comprend que l'épisode a mis le feu aux poudres dans le clan de ces femmes issues de familles riches et puissantes de la côte. Mais rien n'avait filtré. Ébruiter le viol aurait été dévastateur pour la réputation de ces jeunes filles et honteux pour leurs familles, qui étaient certaines que les coupables appartenaient au clan de leurs ennemis.

– Je comprends mieux pourquoi maintenant on est dans la merde, conclut le troisième homme en lâchant un gros soupir. La chose s'envenimant, le clan adverse en a appelé au roi, qui nous a envoyé un malade pour faire le ménage, et maintenant on a ce Pierre de Lancre sur le dos pour un bon moment.

– Tu parles de l'envoyé royal ? s'étonnent les deux autres.

L'homme acquiesce. Sa tante travaille au parlement de Bordeaux et lui a raconté qu'il se murmure dans les couloirs que de Lancre est obsessionnel et fanatique.

– Vous n'avez pas vu sa crise lorsque la marguillière a disparu après l'orage ? On aurait cru un dément. C'était terrifiant.

– Il faut dire qu'elle a disparu bien étrangement. Tu sais ce qu'elle est devenue ?

Justinien dresse l'oreille.

– Il paraît qu'elle a perdu la tête et que sa beauté en a pris un sacré coup. Pauvre Peyo… Mais je suis sûr qu'elle ne va pas si mal. Sinon Iban ne continuerait pas à dire ses messes comme avant. Il serait dans un sale état.

– Tu crois que c'est une sorcière ?

– Tu parles ! C'est de Lancre qui est fou, je te dis. Il sillonne le pays avec ses sbires, et dresse des bûchers à chaque coin de rue. Avec ma femme, on a décidé de passer en Espagne, et on n'est pas les seuls. On n'a pas envie de rôtir.

L'autre éclate de rire.

– N'en rajoute pas, tu ne risques rien. Ta famille est trop en vue.

– Que tu crois ! Cet homme n'a aucune limite. Comme toi. Qu'est-ce qui t'a pris de violenter ces filles ? Tu as vu comment ça tourne ?

Justinien en a suffisamment appris. Il quitte les lieux. Dehors, il marche au hasard. L'air frais lui fait du bien. Détruite et pillée maintes fois par les Espagnols au cours des guerres de Religion, victime d'une épidémie de peste deux ans plus tôt en 1608, Saint-Jean-de-Luz s'est reconstruite et de belles demeures ont surgi le long des quais. Mais Justinien n'y prête aucune attention. Le récit qu'il vient d'entendre le poursuit. Comment a-t-on pu envoyer la caravane de Bordeaux pour régler un conflit privé entre deux riches familles du pays ? Il a du mal à y croire, mais le doute s'installe. Tournant le dos aux jolies propriétés des quais, délaissant la pleine lumière de la côte et la vue sur l'océan, il s'enfonce dans les ruelles étroites. L'orage a détrempé le sol de terre où le soleil ne pénètre jamais, et son moral décline au fur et à mesure qu'il longe les maisons noires d'humidité. Il songe à Graciane, victime collatérale de ce conflit sordide. Il ne peut oublier le sentiment qu'il a éprouvé en l'arrachant à la foule. En la soulevant de terre pour l'emporter sur son cheval, il s'est senti homme pour la première fois. Aujourd'hui, son visage défiguré le hante. Celle qu'il a sauvée ne peut pas avoir perdu la raison, il ne peut le croire. Non, ce n'est qu'une rumeur, Graciane doit être simplement en état de choc.

La mission, dans laquelle il s'est engagé avec conviction parce qu'il la croyait salutaire et qu'il estimait les hommes qui la menaient, prend une drôle de tournure.

# 18

Graciane est cloîtrée à Sare dans la maison d'Iban, au cœur des montagnes pyrénéennes, tout près de la frontière espagnole. Iban a obtenu pour elle un temps de repos de monseigneur d'Etchauz. Non sans mal.

– Il n'est pas question que nous fermions l'église, s'est emporté l'évêque quand Iban a fait sa demande. Personne ne doit trouver porte close. Nous sommes encore fragiles, ce serait un suicide. Où iraient nos fidèles ? Les messes doivent être célébrées sans interruption. C'est d'ailleurs à se demander si le roi ne cherche pas à nous affaiblir.

– Ne vous inquiétez pas, monseigneur, j'y veillerai, je dirai toutes les messes comme je l'ai toujours fait.

– Peut-être, Iban, mais tu ne peux pas tout faire. Il y a la préparation et l'entretien.

– J'y veillerai aussi. Graciane n'est pas apte à travailler. Elle est épuisée et beaucoup trop choquée pour revenir sur les lieux. Vous n'imaginez pas l'état dans lequel ils l'ont mise.

Dubitatif, l'évêque a tout de même fini par se ranger à ses

arguments, avec une limite : huit jours, pas plus. C'est bien trop peu et Iban a tenté d'obtenir davantage. En vain.

– Dans une huitaine, je veux la voir à son poste ! tranche l'évêque. Ce n'est pas un envoyé royal et des juristes arrogants qui vont faire la loi chez nous ! Si on les laisse faire, c'est à nous qu'ils donneront des ordres. On doit être fermes. Ne pas leur laisser croire qu'ils nous intimident avec leurs airs de guerriers.

Iban a tenté d'argumenter que Graciane était proche de la folie, peut-être de la mort, et qu'elle serait brûlée s'ils la retrouvaient. Monseigneur d'Etchauz l'a fixé d'un œil inquisiteur, et le jeune prêtre a fait mine d'accepter.

Il est effondré. Sa sœur est la personne qui lui est la plus chère au monde. C'est elle qui l'a toujours défendu face aux garçons du village qui se moquaient de lui et de son air rêveur. Il est déterminé à la protéger à son tour. Car il ne se fait aucune illusion. C'est l'Église que l'évêque défend, pas Graciane. Si Pierre de Lancre l'arrête en un lieu profane, monseigneur d'Etchauz ne se mettra pas en travers de sa route.

Iban cherche une solution. Seul, il est impuissant. Quel soutien pourrait-il trouver ? L'atmosphère dans le pays est devenue irrespirable… Soudain il pense à Pedro Agerre Axular, le recteur de la paroisse de Sare. La cinquantaine passée, Axular a suivi des études de théologie doublées d'années de rhétorique et de philosophie dans la prestigieuse université de Salamanque. Iban l'admire pour son érudition. Il a le don de convaincre, et c'est un proche d'Etchauz. Il a du poids, l'évêque l'écoutera. Soulagé, il se précipite chez lui. La bénédictine du recteur lui ouvre, surprise de le voir.

– C'est le recteur qui va être content ! Vous tombez bien, il a besoin de bonnes nouvelles en ce moment.

À pas menus et sans attendre, elle le conduit le long d'un couloir étroit et sombre jusqu'à une petite pièce qu'une seule fenêtre éclaire d'une lumière blanche. L'endroit est spartiate. Une solide table de chêne, deux chaises droites, et une modeste bibliothèque remplie de livres. Béret enfoncé sur le crâne, Pedro Axular est en train d'écrire. Son visage s'éclaire en apercevant Iban qui s'empresse de lui exposer le but de sa venue et l'importance vitale de sa demande. Quand Iban a terminé, le recteur pose sa plume et referme son encrier.

– Vous me demandez d'intervenir auprès de notre évêque parce que vous savez que nos rapports sont excellents…

Iban acquiesce.

– Mais ce que vous ignorez, c'est qu'en ce moment je suis enlisé dans un terrible conflit.

Surpris, Iban l'écoute.

– Un prêtre de Saint-Jean-de-Luz a réclamé à monseigneur d'Etchauz de me retirer mon poste parce que je suis né à Urdax, en Navarre, juste de l'autre côté de la frontière. Et donc un étranger. Il a demandé que ma charge lui soit attribuée.

Iban n'en revient pas.

– Urdax ou Sare, on est toujours en terre basque… Donc vous êtes aussi basque que moi, que nous tous.

– Oui, et j'ai le soutien de mes paroissiens. Mais lui a le soutien de prêtres jaloux qu'il a ralliés à sa cause. Ils sont vindicatifs, et on ne sait jamais comment cela peut tourner. Aussi par précaution je viens d'envoyer une demande de naturalisation à notre roi.

– Mais vous n'en avez pas besoin puisque vous êtes né en Navarre, sur les terres du roi de France et de Navarre…

– C'est une évidence, mais pour eux je reste un étranger. Et monseigneur d'Etchauz évite de prendre parti, il a besoin de toutes ses troupes.

Depuis 1589, date à laquelle Henri IV roi de Navarre est devenu roi de France et de Navarre, la région de Pampelune en Haute-Navarre s'est trouvée réunie à la Basse-Navarre autour de Saint-Jean-Pied-de-Port. Un lien facilité par le col de Roncevaux qui permet la communication et les échanges. Il reste pourtant de sévères frictions entre les deux régions, mais pour Iban, la polémique ne tient pas et le recteur Axular ne risque rien.

– Monseigneur ne vous destituera jamais. Vous êtes français, vous le resterez.

Mais le recteur est déstabilisé. Il se demande s'il est vraiment plus français qu'espagnol. Ou plus basque qu'espagnol. Ou plus français que basque. La fermeté d'Iban lui fait du bien et le galvanise.

– Vous avez raison, Iban, je me fais trop de souci. Mais ce bougre de prêtre m'a retourné le cerveau avec ses allégations. Il est prêt à tout et ses collègues sont hargneux. Alors je finis par ne plus savoir où j'en suis. Heureusement mon livre me porte.

– Votre livre ?

Le visage du recteur s'éclaire d'un coup. Iban regrette

immédiatement d'avoir posé la question. Le recteur n'a plus qu'une hâte, partager son obsession du moment.

– Je me suis attaqué à une étude passionnante sur l'attitude qui consiste à remettre à demain ce qu'on peut faire le jour même. Je défends l'idée que celui qui dit « on fera plus tard » dit « ne faisons rien ». Quand on est un velléitaire, rien n'avance.

Le voilà parti dans d'interminables raisonnements qu'Iban ne sait comment interrompre.

– Qu'en pensez-vous, Iban ?

– Oui, avance-t-il timidement, mais pour Graciane...

– Je sais ce que vous allez me répondre. Vous estimez peut-être que c'est une marque de sagesse. Qu'il est bon de prendre le temps de la réflexion. D'autres me l'ont déjà fait remarquer, et croyez-moi, le débat a été houleux. Mais j'ai commencé à rédiger mon étude et j'ai trouvé le titre : *Gero*[1] !

Iban est atterré. Le recteur ne le lâche pas, car les visites sont rares. Il n'en finit pas avec son *Gero* et les heures passent. Déroulant le fil abstrait du temps qu'il envisage par milliards d'années, il a la certitude que l'homme sera sauvé à condition que le catholicisme triomphe définitivement de la Contre-Réforme. Le Béarn voisin étant resté protestant, le recteur Axular estime le danger trop proche pour baisser la garde.

– Je suis optimiste, Iban, conclut-il en reprenant sa respiration. Si nous restons vigilants, l'homme sera sauvé.

Iban saute sur l'occasion :

1. « Après » en basque.

– Oui, vous avez raison. Alors, pour sauver Graciane, vous allez m'aider, n'est-ce pas ?
– Graciane ? Qui est cette Graciane ? demande le recteur, étonné.

Iban est désespéré. Les idées passionnent l'érudit, mais le sort d'une simple mortelle ne l'intéresse pas. Torturée pendant des heures, Graciane a perdu ses cheveux, les os de son visage ont été brisés, son esprit est absent, elle ne parle plus, ne reconnaît personne, même le prénom de Peyo ne la fait plus réagir, et tous ont mieux à faire que l'aider. Dévasté, démuni, Iban songe qu'il n'a pas su tenir la promesse faite à Peyo de la protéger, et il ne parvient pas à comprendre comment tout ce mal a pu arriver si vite.

# 19

Lina entre dans la salle d'interrogatoire où Pierre de Lancre l'a convoquée pour la confronter au jeune charbonnier. Son parfum est capiteux et sa toilette aussi soignée que pour un rendez-vous galant. Une tenue peu adaptée pour un interrogatoire musclé dans une pièce sordide. Pierre de Lancre hésite à lui ordonner de passer un corsage moins échancré, puis renonce : hors de question de montrer qu'une telle impudeur le dérange. Il garde son sang-froid et Lina, sans prêter la moindre attention à l'endroit où elle se trouve, se comporte en séductrice chevronnée. Féline, elle minaude, jusqu'à ce que la porte s'ouvre sur Bixente, entouré de deux gardes. À la vue du jeune charbonnier, elle blêmit.

Lui aussi la reconnaît immédiatement. Lina est connue de tous les hommes des ports de Ciboure et de Saint-Jean-de-Luz. Comme de nombreux marins, son frère Andrès a eu avec elle une aventure sans lendemain. Mais elle est tombée amoureuse et l'a harcelé. Quand Andrès lui a annoncé son mariage, elle l'a menacé, et le jour des noces elle a insulté sa femme Maialen devant tout le village.

Que fait-elle là ? se demande Bixente. Et qui est l'homme à ses côtés ? Déstabilisé, il ne comprend pas les raisons de son arrestation. Sans doute est-ce un malentendu, il va pouvoir s'expliquer.

Lina est stupéfaite. Le frère d'Andrès est la dernière personne qu'elle s'attendait à trouver ici. Elle ne sait plus quoi faire. Bixente ne lui a jamais fait de mal et ce regard, le même que celui de son frère, la trouble profondément.

– Connaissez-vous ce garçon ?

– Euh, je sais pas, je…

– Oui ou non ? s'énerve de Lancre.

Lina s'affole. Elle n'a aucune raison d'envoyer Bixente à la mort. Mais l'envoyé royal n'est pas homme à se contenter d'une réponse en demi-teinte. Elle doit le satisfaire au-delà même de son attente. Seulement elle ne peut s'y résoudre.

– Moi, je la connais, dit Bixente. C'est la fille du port. Pourquoi elle est là ? Qu'est-ce qu'elle a encore inventé ? Je suis sûr qu'elle fait encore des histoires à propos de mon frère. Elle ne l'aura pas. Il est marié et son épouse attend un enfant. Elle a intérêt à arrêter de lui courir après, sinon c'est à moi qu'elle aura affaire !

Son regard est menaçant. Le même que celui d'Andrès quand il avait dit à Lina qu'elle n'était pour lui qu'une fille de passage. Sans le savoir, Bixente vient de signer son arrêt de mort. Un flot de vieilles rancœurs envahit la tête de Lina. Puisque celui-là est aussi mauvais que son frère, elle ne l'épargnera pas.

– Oui, je le connais, réplique-t-elle à Pierre de Lancre. Je connais aussi son frère Andrès et sa femme, Maialen. La nuit, ils font le sabbat avec d'autres dans les grottes de Zugarramurdi.

– Vous êtes sûre ?

– Oui.

Le ton est ferme. Abasourdi, Bixente l'écoute sans rien comprendre à cette histoire de sabbat. De quoi parle-t-elle ? Que se passe-t-il ? Pourquoi les hommes en armes se rapprochent-ils de lui ? De quoi l'accuse-t-on ?

– Passez-le à la question ! ordonne de Lancre. Il finira bien par avouer.

Bixente se débat, se met à hurler. Il tente de se libérer, mais les gardes le cognent jusqu'à ce qu'il s'effondre au sol. Le sang coule de son crâne ouvert.

– Mettez-le à nu, aboie de Lancre. Et faites venir le barbier. Qu'il le rase. Ne perdons pas de temps, nos témoins sont arrivés. Il faut trouver la marque.

Les gardes lui arrachent ses vêtements et le maintiennent debout. Bixente entend une porte s'ouvrir, il aperçoit dans un brouillard des silhouettes entrer dans la pièce.

– Je vous ai fait venir pour que vous assistiez officiellement à la question en tant que premier magistrat de la ville, explique de Lancre à l'un des arrivants. Nous allons vérifier si ce garçon est corrompu par le démon.

Choquée de voir le jeune homme nu, la femme détourne le regard.

– Je suis venu avec mon épouse, dit l'homme, visiblement mal à l'aise lui aussi.

– Aucune importance. Nous allons chercher la marque du diable, et vous serez le témoin officiel.

La « marque du diable », la plus irréfutable des preuves. Celle que l'on trouve en enfonçant une aiguille dans le corps du suspect jusqu'à trouver une zone insensible. Ou moins douloureuse. Ce qui n'est pas difficile, il suffit de commencer par les parties les plus sensibles pour qu'ensuite le détenu hurle moins fort.

Tétanisé de honte et de douleur, Bixente est forcé à prendre les positions les plus indécentes pour faciliter la tâche du bourreau. Sans cesse, une voix de crécelle répète :

– Il en est, je vous dis. C'est un démon comme Andrès et Maialen.

– Mais de qui parle-t-on ? questionne à voix basse la femme.

– De la famille du suspect, rétorque Pierre de Lancre.

La femme insiste. Elle tient à savoir de qui il s'agit exactement. Elle réclame le nom de cette famille. Exaspéré, de Lancre lâche qu'il s'agit des Etcheverry du village d'Arbonne. Elle pousse aussitôt un cri d'effroi et porte ses mains à son visage.

Dans ce jeune corps brutalisé, ce visage boursouflé couvert de cheveux et de sang mêlés, elle n'a pas reconnu le gamin qui joue à la pelote comme un dieu les jours de fête au village d'Arbonne.

– Mon Dieu ! dit-elle d'une voix brisée. Mais ce n'est pas possible ! Non pas lui, pas les Etcheverry, pas eux, non ça n'est pas possible ! Il faut arrêter ça, il doit y avoir une erreur ! C'est une erreur, répète-t-elle en sanglotant et en s'agrippant à son mari.

Alors qu'elle est prise d'une crise incontrôlable, il faut

l'emporter. Bouleversé, son mari s'apprête à la suivre quand Pierre de Lancre lui ordonne de rester. Membre du Biltzar[1] sollicité par le roi pour les débarrasser des démons qui leur pourrissent la vie, il doit assister à la question jusqu'au bout. Pour l'homme, la séance tourne au cauchemar. Ce garçon est le frère d'Andrès, le fils d'Imanol Etcheverry. Des gens qu'il connaît, qu'il apprécie et respecte.

Contrarié par l'esclandre de la femme, Pierre de Lancre comprend qu'il va devoir affronter une succession de problèmes. Ici, tout le monde se connaît. Les uns interviendront pour une raison familiale, les autres par amitié, tous réclameront de la clémence et c'en sera fini du succès de la mission. De Lancre n'en est que plus déterminé à ne pas céder, car il a les passe-droits en horreur. La société est pourrie par toutes ces lâchetés humaines, toutes ces faveurs qui placent partout des incapables. L'illégitimité le révulse. Seuls comptent le mérite et les diplômes. Il oublie que lui-même a bénéficié d'un atout qui ne tient ni à sa volonté ni à son mérite, mais à la fortune de sa famille.

Lina s'approche et chuchote d'une voix mielleuse :

– Ne vous laissez pas influencer, je les connais. Ils se tiennent tous et vous ne pourrez en condamner aucun. Le démon est partout, c'est moi qui vous le dis.

Pierre de Lancre sursaute comme s'il venait d'être piqué par une bête venimeuse. Lina le fixe de ses yeux de serpent et lui parle sans que rien l'y autorise. Le coup d'œil qu'il porte à

1. Réunion des anciens. Assemblée représentative de la province basque du Labourd jusqu'en 1789.

son corsage ne lui échappe pas, mais elle n'insiste pas. De Lancre est furieux. L'interrogatoire est loin de la rigueur qu'il exige. Bixente n'est plus qu'un corps brisé, méconnaissable. Il ne pourra pas l'envoyer au bûcher dans cet état.

De Lancre ordonne aux gardes de l'emporter : il sera pendu, son corps enveloppé dans une large chemise et sa tête placée dans un sac, puis porté au bûcher avec Maialen, la femme de son frère. Autant se débarrasser de cette famille d'un coup.

L'envoyé royal fulmine mais, avant tout, il lui faut régler les affaires courantes. Le coût des bûchers n'a toujours pas été prévu, il doit s'en occuper de toute urgence et officiellement. Malgré ses appels, personne n'a réagi. Le pouvoir n'est pas aussi facile à utiliser qu'il croyait.

Il fait convoquer le bailli, mais on lui répond que celui-ci est en tournée pour plusieurs jours. Exaspéré, Pierre de Lancre fait seller son cheval. Rien ne se déroule comme prévu. Une difficulté à peine réglée, une autre surgit, et il est le seul à chercher des solutions. Les gens censés lui obéir et ayant même un intérêt personnel à le faire restent inactifs. Tous se liguent pour lui nuire, ressasse-t-il. Il est la cible d'un complot. On lui met des bâtons dans les roues et on lui envoie une repentie lubrique pour le détourner du droit chemin.

Le cheval qu'Ignace lui a sellé n'est pas le sien. Encore un ordre qui n'est pas respecté ! Il se retient d'exploser, mais le palefrenier explique que l'animal est mort. En réalité, le cheval se repose, loin, sur les terres de Navarre. Ignace joue une partie qui peut se révéler mortelle, mais compte sur les circonstances. Pierre de Lancre est surchargé de travail et de problèmes.

– Mort ?

– Oui, le cœur a lâché après la course.

– Très bien.

En regardant l'envoyé royal s'éloigner, Ignace note qu'il n'a pas eu un mot de regret pour son animal. Et il pense aux hommes et aux femmes de ce coin de France qui n'ont pas encore compris qui est vraiment cet homme qu'ils ont imprudemment appelé au secours.

# 20

Murgui traîne du côté du port à la recherche de Bixente. Depuis plusieurs jours elle sillonne les rues et les ruelles en tous sens, elle a même poussé plusieurs fois jusqu'au mur où il joue à la pelote, mais en vain. Ses amis aussi ont disparu. Alors elle décide d'aller voir jusqu'au four à charbon, là-haut sur la montagne. Elle a pris bien des fois le chemin qui y conduit, pour savoir comment Bixente y vit, seul et coupé de tout, mais elle n'a jamais osé aller jusqu'au bout. Bixente l'intimide. Quand elle l'aperçoit, son cœur bat sans qu'elle puisse rien y faire. Il est généreux et bon, elle en est sûre. Près de lui, elle ne sera plus « la Gitane », elle sera enfin libérée de ce surnom qui lui colle à la peau et ne lui vaut que du mépris. Elle sera Murgui, heureuse, aimée. Mille fois, le soir dans son lit, elle imagine le jour où elle l'épousera. Elle sent sur sa tête le poids léger de la traditionnelle couronne de fleurs d'oranger, elle voit les invités arriver dans leurs plus belles tenues, les grandes tables sur le port ensoleillé. Son insolence et sa liberté la font passer pour une écervelée, elle est tout le contraire. Ceux qui lui tournent autour n'ont jamais rien obtenu, et c'est par dépit que certains laissent croire qu'ils sont parvenus à leurs fins. Un jour l'un d'eux est arrivé avec une bague et lui a offert une vie à l'abri du besoin, lui a promis de beaux habits de velours. Ce jour-là, elle n'a pas refusé tout de suite. Parce qu'elle connaissait la maison de cet homme. Une maison de pierre aux fenêtres à meneaux et aux grands chandeliers, qu'on apercevait la nuit illuminer les pièces de l'intérieur. À s'imaginer vivre dans un tel lieu, à admirer l'océan depuis ces fenêtres claires, elle a vacillé. Chez elle, le sol est en terre battue et l'unique fenêtre donne sur une rue étroite qui pue la graisse et le vieux poisson. Pendant quelques nuits, elle a rêvé de ce luxe inimaginable, de riches tenues, de draps en coton fin, mais l'homme qu'elle attendait, c'était Bixente.

Aujourd'hui, elle n'a qu'une obsession : le voir, lui parler. Elle se promet que, cette fois, elle n'hésitera pas. Elle osera lui avouer son amour. Elle lui dira qu'elle souhaite vivre avec lui, même dans une cabane perdue dans la montagne, même en plein vent. Qu'elle se moque que son visage soit noir de charbon. Elle marche pendant une bonne heure et gravit la dernière colline en courant jusqu'à en perdre le souffle. Une fois arrivée, elle s'approche, impressionnée de se retrouver dans cet endroit qu'elle a si souvent imaginé. Son cœur bat. Il n'y a personne. Fébrile, elle fait le tour. La meule n'est plus qu'un tas de cendre, et dans la cabane elle ne trouve qu'une mauvaise couverture jetée sur un bat-flanc, un tabouret renversé, et une lampe de marin suspendue au plafond avec un fond de bougie. Aucune trace de Bixente. Quand elle ressort, le vieux Paskoal, appuyé sur un bâton avec son chien, la regarde des pieds à la tête. Rien qu'à sa mise, il comprend que cette fille ne vient pas des beaux quartiers.

– Je cherche Bixente. Vous savez où il est ?

Paskoal ne l'a pas revu depuis que l'orage a tout détruit et qu'il est parti sur la côte. Le berger s'est persuadé qu'il était avec ses amis, ou dans la ville à ruminer sa colère, et il s'est dit qu'une fois calmé le garçon reviendrait. Mais cette fille lui confie l'avoir cherché partout. Aux murs de pelote où il a ses habitudes, dans tous les troquets. Un mauvais pressentiment gagne Paskoal.

– Ses amis sauront peut-être où il est, insiste Murgui.

Paskoal la détrompe. Les jeunes Espagnols ne traversent plus la frontière. Des gardes la sillonnent jour et nuit pour bloquer les morisques et les juifs. Ils sont à cran et les jeunes n'ont pas envie de se faire tuer sur un malentendu. Murgui est inquiète. Bixente est parti seul sur la côte et il a disparu sans que personne sache comment. Car pour son malheur et par un hasard comme il y en a dans l'existence, quand Bixente a été arrêté sur la jetée, personne ne l'a vu. Personne ne sait que Pierre de Lancre l'a torturé à mort, et qu'au moment où Murgui et Paskoal parlent de lui, il n'est plus que cendres. Tout est allé très vite, Maialen a aussi brûlé vive sur le même bûcher, installé à l'endroit de celui de Graciane. De Lancre a tenu à montrer que le diable et ses orages ne l'impressionnent pas. Quant au membre du Biltzar et sa femme, traumatisés par la séance de torture, ils se sont réfugiés en Navarre espagnole chez un cousin. De Lancre a ensuite fait arrêter une dizaine de femmes, dont une issue d'une grande famille de

Bayonne. Les arrestations pleuvent de tous côtés. Seule Lina sait ce qui est arrivé à Bixente, et elle ne le racontera pas.

Le jour décline et sur le banc de pierre, Murgui, la voix brisée, avoue au vieux Paskoal son secret. Pour la première fois, elle dit son amour et il n'en est que plus fort. Les mots le rendent réel. Le vieux Paskoal l'écoute tout en caressant le museau de Tchakur couché à ses pieds. Murgui parle du rire de Bixente, de sa manière de taper la balle avec ses paumes et de râler lorsqu'il rate une passe. Intarissable, elle déverse un flot d'amour que Paskoal découvre et qui le bouleverse. Il se demande comment le garçon a pu ne rien en savoir. Au fond, Bixente est aussi timide que lui. Dans sa jeunesse, Paskoal n'osait pas aborder les filles et faisait le fier. Mais lui avait eu la chance de rencontrer Amalia, et même s'ils n'avaient pas fait leur vie ensemble, au moins il savait qu'il avait été aimé et qu'il l'était encore. Bixente se croit maudit, trop crasseux, trop minable.

Pendant que Murgui raconte, Paskoal aperçoit un nuage au-dessus d'eux.

– Viens, dit-il, je te raccompagne chez toi. Il ne fait pas bon marcher seule le soir, les gardes tirent sur tout ce qui bouge.

Ils descendent les collines, soucieux de ne pas faire de bruit en décrochant des cailloux sous leurs pieds. Dans la nuit étoilée, Paskoal remarque que le nuage les suit. Il a la certitude alors que Bixente est là, juste au-dessus d'eux, dans le ciel.

Rentré chez lui, il s'assied sur le banc de pierre, et quand Tchakur pose son museau sur ses genoux, il s'effondre, secoué de larmes. Bixente est mort.

## 21

C'est à Zugarramurdi qu'Amalia apprend qu'il y a eu un nouveau bûcher et que le garçon supplicié en même temps que la femme d'Andrès est Bixente. Le mois précédent, c'est Amalia qui avait appris à Maialen qu'elle attendait un enfant. De savoir que l'homme qu'elle aimait était en elle avec ce petit être, la jeune femme en avait pleuré de joie et attendait avec impatience le retour du marin. Amalia a vu beaucoup de choses dans sa vie, des règlements de comptes entre familles, des assassinats, mais jamais une innocente enceinte sur le bûcher ! Qui est donc ce juge, si ce n'est un fou ? La cruauté est au pouvoir. L'envoyé du roi fait exécuter hommes et femmes sur des dénonciations calomnieuses. Et qui est cette foule qui l'a laissé faire ? Amalia ne reconnaît plus les siens.

– Ils sont terrorisés. Il ne reste que des vieux, des femmes et des enfants. Que peuvent-ils faire ? Les hommes sont en mer, lui dit le père Etchegoin. La torture a fait son œuvre et la délation s'est répandue à la vitesse du feu.

Les exploits de Lina font le tour du pays. Paradant dans les rues, elle affiche une assurance insolente et raconte partout qu'elle est indispensable à l'envoyé royal. Pour la première fois, elle détient un pouvoir bien plus puissant que celui de sa séduction, dont elle a fait trop tôt un usage excessif et qu'elle sent se dégrader au fil des ans. À des petits riens, en s'observant dans le miroir, et à une ou deux remarques masculines faites récemment sur son corps qui devient plus lourd, sa peau moins lisse. Elle remet leurs auteurs vertement à leur place, mais elle-même devine l'inéluctable métamorphose d'une silhouette qu'elle ne pourra pas garder telle quelle. Sa terreur est de se retrouver comme la vieille folle du village, qui vit dans un bouge et à qui quelques rares femmes compatissantes apportent de la nourriture de temps à autre. Les anciens du port disent qu'autrefois cette vieille si répugnante avait tout ce qu'il fallait là où il fallait, et un culot à les faire rougir. Elle les a tous mis dans son lit sans retenue, sans réfléchir aux lendemains, sans penser qu'un jour ces mêmes hommes ne seraient plus là pour elle. La pauvreté, le dégoût, le mépris, elle est devenue folle et laide à faire peur.

Lina est férocement déterminée à ne pas finir comme elle, dans un trou à rats. L'envoyé royal est riche, il arrive au bon moment. Il représente sa chance, la possibilité d'un autre avenir. Grâce à lui, elle détient un pouvoir qui les fait trembler tous. Elle a dénoncé Bixente, Maialen et une dame de Bayonne chez qui elle a travaillé, et les trois sont morts dans d'atroces souffrances. C'est sa vengeance. Tous au port l'ont compris. Loin de s'en cacher, elle veut que ça se sache afin de garder son ascendant sur eux. Et si elle la joue finement, elle peut même soutirer aux plus riches de quoi se mettre à l'abri. Mais elle doit faire vite, ruser, dénoncer beaucoup pour que, effrayés, ils lui lâchent de belles sommes. Lina est lucide, sa vie ne lui a pas appris à la rêver et elle n'est sûre de rien. Intelligente, instinctive, elle devine en Pierre de Lancre une profonde perversité, et sait qu'avec des individus pareils, tout change vite. Elle a eu affaire à un homme tel que lui dans sa jeunesse, et aurait pu y laisser sa peau. Lina ne croit en rien, ni en la bienveillance de Dieu qui ne fait rien pour elle, ni en la morale des hommes. Quant à leur bonté, ce seul mot la fait rire. Chacun mène sa barque pour son propre compte ; et pour survivre, l'être humain a tous les droits. Sa mère, une ancienne blanchisseuse, prostituée à l'occasion, lui a appris l'essentiel en une seule phrase : « Tu te démerdes seule. »

La vie lui a violemment démontré que c'était vrai. Que tout le reste – l'estime de soi, le respect des autres, la générosité, le partage, les valeurs – ne compte pas. Les grandes idées sont des pièges pour les pauvres bougres. La morale, Lina n'en a jamais eu. Elle a été placée à huit ans comme domestique à Ciboure chez un homme violent, qui lui a enseigné comment devenir une femelle docile. Depuis qu'elle a fui cette effroyable maison et a réussi à se débrouiller seule, rien ne s'est opposé à son entière liberté. Elle a croisé plus de lâches que de généreux, mais le destin vient de lui envoyer une carte maîtresse, Pierre de Lancre. Désormais sa vengeance est comme sa vie, sans limites.

Elle en est là de ses noires pensées quand elle aperçoit Amalia sortir de chez le père Etchegoin.

– Amalia ! Mais où étais-tu passée ces dernières semaines ? Impossible de te trouver. Je veux encore de ta potion et ton onguent pour mes maux de tête. Ce sont les seuls qui me soulagent.

Impassible, Amalia passe son chemin. Décontenancée, Lina la rattrape.

– Qu'est-ce qui te prend ?

Elle est sincèrement stupéfaite. En quoi aurait-elle pu déplaire à Amalia qu'elle ne menace en rien ? Au contraire, elle tient beaucoup à cette femme, la seule à pouvoir la soulager de terribles douleurs. Amalia plonge son regard dans le sien et lui assène d'une traite qu'elle a fait mourir un jeune garçon plein de vie, une future mère, et une patronne qui, aussi détestable soit-elle, ne méritait certainement pas un tel sort :

– Comment as-tu pu commettre de telles horreurs ? Comment peux-tu avoir cet air si tranquille ? Qui es-tu, Lina ?

Chacune de ces questions blesse Lina au plus profond d'elle-même. Bien plus que ces injures lancées à la volée sur son passage et auxquelles elle s'est habituée. Amalia poursuit :

– Et ces sabbats dont tu parles à tort et à travers ? Et ces sorcelleries ? Ces femmes volant sur des balais et emportant des enfants ? Ces boucs dont elles baisent le derrière et ces orgies ? Ces accouplements incestueux, ces adultères ! Ce sont les tiens ?

Lina se redresse. Des remarques et des reproches à mots couverts, elle en a beaucoup entendu mais depuis ses dénonciations mortelles, personne ne s'avise plus de la contrarier. Blême, incapable de trouver une repartie, elle tourne les talons et disparaît au coin de la rue, anéantie comme si la justice en personne lui était tombée dessus.

Derrière sa fenêtre, le père Etchegoin a été témoin du face-à-face. Il sort précipitamment.

– Qu'est-ce que tu lui as dit, Amalia ? Pourquoi elle est partie comme ça ? J'ai bien vu sa figure. Qu'est-ce que tu as fait, malheureuse ?

Amalia lui raconte.

– Je viens de te dire ce dont elle est capable. Plus d'une centaine de femmes et de filles ont été arrêtées. Si elle te dénonce comme sorcière, son juge la croira. Tu sais comment elle mène les hommes. Même lui qu'on dit intelligent gobe toutes ses histoires parce qu'elles sont pleines de déviances sordides. C'est un tordu. Plus elle lui en donnera, plus il en voudra.

Amalia n'est pas inquiète. Lina a besoin d'elle, et pas uniquement pour ses onguents. Ses amants sont loin d'être des modèles de bienveillance. Certains cognent quand ils ont trop bu. Lina est solide et s'est débarrassée toute seule des plus violents, mais il y en a toujours un pour recommencer. Depuis longtemps Amalia panse ses plaies et calme ses cauchemars. Personne d'autre qu'elle ne sait que, derrière son arrogance, il y a de profondes angoisses, des gouffres de désespoir.

Sous couvert de plaisanterie, le prêtre s'inquiète de qui préparera sa crème miraculeuse si Amalia venait à disparaître. La communauté perdrait alors des savoirs indispensables et uniques. Elle le rassure. Elle ne va plus sur la côte et personne ne viendra lui chercher querelle dans sa maison nichée dans la montagne. Il hoche la tête, loin d'être convaincu.

– Tu devrais transmettre tes connaissances, tu n'es plus si alerte.

Depuis quelque temps, elle y pense, avec tous ces conflits, tous ces bouleversements. La violence, les expulsions de réfugiés tirés comme des lapins par les gardes, ce juge qui met le pays à feu et à sang, tout lui fait prendre conscience de la fragilité du monde et que son savoir est plus utile que jamais, et qu'il ne lui appartient pas. La phrase du prêtre a agi comme un déclencheur. Elle décide d'aller au plus vite trouver les parents de Murgui, afin de lui apprendre les rudiments de son métier. Savoir cueillir les plantes, faire macérer les baies, mais aussi se méfier des intrus toxiques et les reconnaître pour éviter l'accident mortel. Elle lui confiera les recettes de ses potions et de ses onguents, ainsi que leurs caractéristiques médicinales. Ces connaissances que les femmes de sa famille se sont transmises avec tant de sagesse ne doivent pas être perdues. Murgui prendra la suite.

Enthousiasmée par sa décision, elle presse le pas. Demain, elle ira voir Paskoal pour lui annoncer la mort de Bixente. Isolé comme il est, il ne doit pas être au courant, et elle veut être près de lui quand il l'apprendra. Elle en profitera pour lui parler de Murgui. Mais quand elle arrive devant chez elle, Iban l'y attend.

– Iban, que se passe-t-il ?

– Graciane va très mal, Amalia.

– Pourquoi tu n'es pas venu me chercher chez le père

Etchegoin ? J'en viens et je n'ai pas envie de repartir, je suis fatiguée.

– J'ai oublié, je suis descendu au plus vite.

Amalia secoue la tête. Prêtres ou pas, les jeunes sont tous les mêmes. Ils écoutent à moitié ce qu'on leur dit.

– Je lui ai pourtant donné de la mélisse hier, dit-elle. Ça aurait dû l'apaiser. Allez viens, on va s'asseoir un moment. Je suis fatiguée. Explique-moi.

– Graciane est en danger. Elle était au mauvais endroit au mauvais moment. Ni le pouvoir royal ni le pouvoir religieux n'admettront la monstrueuse méprise et ils la sacrifieront. Elle ne retrouve pas la mémoire et sombre dans un monde parallèle. Il faut la cacher, souffle Iban, mais où ? Chez nous, elle n'est plus en sécurité, des voisins pourraient parler. Même des enfants dénoncent leurs parents !

Amalia réfléchit.

– Graciane doit mourir et tu dois l'enterrer.

– Quoi ?

– Il faut qu'on la croie morte, sinon on ne sera jamais tranquilles. Oui, poursuit-elle, le cercueil sera vide, et on la cachera chez Paskoal où personne n'ira la chercher.

# 22

Jean d'Espaignet ne s'occupe plus des sorcières, mais ne peut échapper aux récriminations de toutes les personnalités locales éconduites par de Lancre. Impossible de les renvoyer, il est dans une impasse. Que leur répondre quand ces gens viennent, affolés, lui faire part des accusations invraisemblables qui tombent jour après jour sur la population ? Des arrestations sans raison ni preuve. En quelques semaines à peine, il mesure les dégâts. De Lancre traque comme un chasseur, et des familles entières fuient à son approche. Certaines se réfugient en Espagne, d'autres se terrent. La situation est intenable pour Jean d'Espaignet, car il lui est impossible de se désolidariser officiellement de l'envoyé royal. Position dont il mesure l'ambiguïté : le risque de devoir rendre des comptes auprès des populations locales, mais surtout en haut lieu, est de plus en plus important. Et comment expliquer sans se dévoiler ? Les missions secrètes doivent rester secrètes. Le roi lui-même ne pourra rien pour lui si la situation dérape davantage. Jean d'Espaignet n'a plus qu'une hâte, terminer son travail au plus vite et rentrer à Bordeaux. Il a chargé Justinien de le tenir au courant de tout ce qui advient au quartier général, où la présence de Lina l'inquiète vivement. Cette pousse-au-crime conforte de Lancre dans son délire paranoïaque. Mais comment s'en débarrasser ? Il manque d'hommes de main, et Justinien n'est pas un tueur. Loin de là. D'Espaignet choisit donc d'accélérer ses propres affaires.

– Fais seller ton cheval, Justinien. On va sur la côte boucler une histoire de terrain.

Justinien ne sait pas de quoi il s'agit, mais ne pose aucune question. Il a remarqué que le lien entre les deux hommes se dégrade, et les servant l'un et l'autre au fil de leurs demandes, il ne sait plus comment se positionner.

Sur la corniche qui longe l'océan, les deux cavaliers galopent jusqu'au sommet d'une pointe rocheuse, appelée Sainte-Barbe, dont la vue porte de la côte française jusqu'à la côte espagnole. Un belvédère époustouflant.

– Regarde, Justinien.

L'impressionnante forteresse espagnole de Fontarrabie se découpe au loin.

– Tout se joue là-bas. L'an dernier, on a subi de redoutables attaques espagnoles par l'océan. Aujourd'hui, malgré la paix qu'on vient de signer, il est plus prudent de barrer l'entrée de nos ports et de protéger la baie. Le roi m'a chargé de trouver l'endroit idéal pour construire une forteresse imprenable. Au moins aussi imposante que celle de Fontarrabie. Ici, c'est l'endroit idéal, mais on est sur les terres de Saint-Jean, et ceux de Ciboure veulent qu'on construise le fort chez eux.

Perplexe à l'idée que le magistrat lui ait demandé de venir

pour lui faire part d'un choix arrêté et sur lequel il n'a aucune compétence pour donner un avis, Justinien ne voit pas en quoi l'affaire le concerne.

– Mais il y a un problème…

Justinien sourit, c'est là qu'il doit intervenir.

– L'affaire a un lien avec l'habitant de cette forteresse espagnole, et je vais te confier un secret que tu devras taire toute ta vie. Tu m'entends ?

Justinien acquiesce.

– Mets-toi à genoux, et jure sur la couronne de notre roi.

Impressionné, le jeune homme s'exécute. Jean d'Espaignet pose l'épée sur son épaule droite, et Justinien jure.

– Tu sais ce que risque un parjure ?

Justinien répond d'un ton ferme :

– La mort.

– L'homme qui habite la forteresse de Fontarrabie s'appelle Juan Velázquez. Officiellement, il est gouverneur de la région de Guipúzcoa. Mais on s'étonne de le voir si souvent absent de sa bonne et confortable ville de Saragosse, et si présent dans cette forteresse froide, humide, et hautement stratégique. On en conclut qu'il pourrait être le chef du contre-espionnage espagnol.

– L'Espia Mayor !

Justinien n'a pu retenir un cri. La réputation de l'homme que craignent toutes les cours d'Europe n'est plus à faire. Son impressionnant réseau d'espions déjoue les stratégies les plus sophistiquées, et ses hommes font de graves dégâts dans les diplomaties et les officines secrètes. Mais personne jusqu'ici n'a réussi à savoir qui il est véritablement. L'Espia Mayor reste un mystère et le démasquer arrangerait grandement les services français.

– D'ici à quelques jours, je dois le rencontrer pour des accords transfrontaliers et l'assurer de la bienveillance de notre roi envers la très catholique Espagne. Tu viendras avec moi. J'ai appris qu'un agent double le renseigne chez nous. On doit découvrir son identité et s'en débarrasser. Je déjeunerai à la forteresse. Pendant ce temps, infiltre-toi dans la maison, séduis une fille de cuisine ou un soldat de sa garde. Le plus petit détail peut nous mettre sur la voie. Tu me tiendras au courant quand tu auras quelque chose de sûr. Jusque-là, nous n'en reparlerons pas. L'espion a les oreilles qui traînent. Et maintenant, rentrons.

Sur la corniche, les rafales de vent donnent à la fois un sentiment de force et de vulnérabilité. Les chevaux avancent au pas l'un derrière l'autre, les deux hommes sont silencieux. Jean d'Espaignet est soucieux, et Justinien ne peut s'empêcher de penser que les enjeux sont des plus sérieux. C'est la première fois que le juge se dévoile, se limitant d'habitude à l'ordre donné. Justinien s'interroge sur les raisons possibles. Au moment de le quitter, une heure avant que la nuit tombe, plutôt que de rentrer directement au quartier général, il décide de retourner du côté de l'église où ils ont arrêté Graciane. Il ne peut s'empêcher de penser à elle et de se sentir coupable.

La lumière du jour commence à décliner. Vu de là-haut, le pays est sublime, apaisant. Justinien est plongé dans ses réflexions quand un grincement de serrure lui fait tourner la tête. Il reconnaît Iban, qui dans sa longue soutane noire verrouille la porte de l'église. De son côté, Iban n'a pas oublié le visage du jeune soldat qui a relevé Graciane quand elle est tombée dans la boue. Surpris de se retrouver face à face, les deux hommes s'observent, puis après plusieurs secondes d'hésitation, Iban s'éloigne sur le chemin. Au bout de quelques pas, il s'arrête et fait demi-tour. Justinien n'a pas bougé.

– Vous vous souvenez de la jeune femme que vous êtes venus chercher ici et qui a été jetée à terre si violemment ?

Justinien aimerait répondre qu'elle est tombée et qu'ils ne l'ont pas jetée à terre, mais Iban poursuit :

– Cette jeune femme était ma sœur et vos soldats l'ont torturée. Maintenant elle est morte. Vous l'avez tuée !

– Mais non, elle est vivante !

Justinien n'a pas pu retenir ce cri du cœur, et s'explique :

– Si on ne l'a pas retrouvée après l'orage, c'est parce que je l'ai emportée à cheval jusqu'à la cathédrale pour la protéger. Elle doit y être encore.

Iban fixe Justinien comme s'il voyait un revenant. Le cavalier inconnu qui a sauvé Graciane est devant lui. C'est tellement improbable qu'il reste sans voix. Mais il se reprend aussitôt.

– Elle n'y est plus. Elle a trop souffert, elle n'a pas survécu. Elle est morte depuis une semaine. C'est moi qui l'ai enterrée.

Justinien pâlit.

– Je la croyais sauvée, souffle-t-il ému. Je l'avais sauvée, continue-t-il en se parlant à lui-même. J'en étais heureux… Tout est si violent…

Touché par cette sincérité inattendue, Iban répond précipitamment :

– Ne soyez pas triste, elle parlait souvent de vous. Hier encore, on a prié pour vous dans la montagne.

– Hier ? Mais je croyais qu'elle était morte et enterrée depuis une semaine.

Déstabilisé, Iban s'empresse d'expliquer que sa fatigue et sa peine le perturbent, qu'il en a perdu la notion du temps. Sa voix tremble et il part en toute hâte.

– Au revoir, dit-il, on m'attend.

Justinien met cela sur le compte de l'émotion.

Le soir tombe. Il caresse l'encolure de son cheval. La mort de Graciane le touche plus qu'il ne l'aurait cru. Il ne peut enlever de sa tête le souvenir de cette femme qu'il a soulevée de terre et emportée comme on emporterait une plume au vent.

Le cheval s'impatiente.

– Calme, calme, on y va.

Il s'apprête à se remettre en selle quand il devine une masse informe en contrebas. En s'approchant prudemment, il découvre une cape de berger souillée de boue. Pensant qu'un berger l'a égarée, il la laisse bien en vue sous le porche de l'église.

Sur le chemin du retour, il songe toujours à Graciane, à sa mort et à celle de toutes ces inconnues que Pierre de Lancre ramène de ses expéditions, toutes ces femmes torturées par le bourreau pour leur soutirer des aveux. Et la seule idée de rentrer au quartier général lui donne des nausées.

Pendant la nuit, incapable de dormir, il s'habille et sort

sans faire de bruit. Il espère qu'une promenade nocturne pourra l'apaiser. La nuit est calme, et dans le ciel plein d'étoiles, l'une brille plus que les autres. Justinien la regarde, et en disant son nom, « l'étoile du Berger », brusquement il se souvient.

Cette cape de berger qu'il a trouvée, c'est celle que portait Graciane ! Il en est certain. Il se précipite à l'église, et une heure plus tard, la cape est accrochée à sa selle.

# 23

Iban est dévasté par son péché. Il a menti et devant la maison de Dieu ! Il se hâte de retrouver Amalia. Mais au lieu du réconfort qu'il espérait, elle le sermonne vertement.

– Quelle idée de parler à ce cavalier ! C'est une énorme erreur, mais ce qui est fait est fait. Espérons qu'il n'ira pas chercher plus loin.

– Et s'il cherche ?

– Si ce jeune homme a sauvé Graciane une première fois, ce n'est sans doute pas pour aller la dénoncer. Arrête de ressasser, et trouve plutôt une remplaçante à l'église. Allez, rentre chez toi. Va dormir.

Au petit jour, Justinien décide de se concentrer sur sa nouvelle mission. Découvrir l'homme qui travaille pour l'Espia Mayor le fait fantasmer. Le démasquer, c'est jouer dans la catégorie des grands, et si dans une carrière du contre-espionnage une occasion pareille est inespérée, dans la sienne de simple assistant d'un juge, elle est le graal. Ne sachant comment procéder, il fait le tour des endroits mal famés, à commencer par l'auberge où il a surpris la conversation des violeurs. Mais il craint que son excitation ne le trahisse, qu'on ne lise sur sa figure qu'il est en mission de surveillance. D'autant que celui qu'il cherche doit être d'une sacrée envergure et terriblement dangereux pour sévir ici dans l'anonymat le plus complet. Plus impressionné après coup qu'il ne l'a été en acceptant la mission, Justinien commande un premier verre de vin, puis un second pour se donner du courage. On quitte rarement le métier de son plein gré, songe-t-il, les espions meurent souvent dans d'étranges circonstances. Il soupire. Comment va-t-il opérer ? Surtout en terre espagnole dans la forteresse sécurisée, avec des agents partout et des employés sûrement très méfiants… L'idée émise par d'Espaignet de séduire une fille de cuisine ou un jeune garde le fait sourire. Il la trouve d'une grande naïveté pour un magistrat de son niveau. Les filles de cuisine sont bien plus malignes que le juge ne l'imagine, quant aux jeunes gardes, Justinien ne saurait même pas comment s'y prendre.

– C'est bien une idée de gratte-papier, marmonne-t-il entre ses dents.

Il décide de faire confiance à son instinct, à la chance, et à l'obstination. Il s'adaptera au fur et à mesure des événements. Pas plus rassuré que ça par sa décision, mais dans l'impossibilité d'en trouver une autre, il commande un troisième verre, le vide d'une traite et jette un dernier coup d'œil dans la salle. Rien ni personne ne retient son attention. Il sort, respire profondément et réalise qu'il n'aurait pas dû boire autant. Du moins pas si vite. Le soleil est au zénith et il fait près de quarante degrés. Une chaleur à faire griller un poisson sur les pierres du port ! En s'approchant des pêcheurs qui proposent leurs prises du matin, Justinien reconnaît l'homme qu'il avait remarqué dans le troquet la première fois. Son visage est plus buriné que les autres, plus marqué aussi. Il a davantage l'allure d'un marin de Terre-Neuve que d'un pêcheur doté d'une mauvaise barque comme celle qu'il est en train d'amarrer. Puis il part sans chercher à vendre la moindre sardine. Intrigué, Justinien s'approche d'un autre qui vante ses prises de thon, et lui demande s'il est possible de revenir complètement bredouille d'une sortie en mer. Par chance il tombe sur un bavard.

– On prend toujours quelque chose, répond l'homme jovial. Il y a tout ce qu'il faut ici. Surtout du thon. En ce moment, on se fait des bancs énormes.

Justinien lui parle du pêcheur parti sans vendre un seul poisson.

– Oh, celui-là ! Il a trouvé un filon. Avant, il lançait les filets au large et vendait sur le quai comme nous. Maintenant il vend toutes ses prises avant de rentrer au port.

– À qui peut-on vendre du poisson en pleine mer ?

– Il va sur Hendaye. Il m'a dit que là-bas quelqu'un lui achète toute sa pêche du jour. Un original sans doute. Il y a de drôles de types sur terre, vous savez. Tenez, moi, un jour...

Justinien l'interrompt. Pour lui cette histoire d'Hendaye en cache une autre, il insiste. Une erreur de débutant. Il s'en mord aussitôt les doigts.

– Pourquoi ça vous intéresse ? Vous voulez lui acheter sa pêche ou quoi ?

Justinien tente de plaisanter, et pour faire taire la subite suspicion qu'il sent monter chez le pêcheur, il lui achète son thon. Mais l'homme est contrarié d'avoir été interrompu. Peut-être même a-t-il senti que ce client n'est pas aussi anodin qu'il veut le laisser croire. Ce n'est pas le moment de s'attarder, d'autant que Justinien veut suivre l'autre pêcheur pour savoir où il va, qui il fréquente. Mais il l'a perdu. En quittant le port, il fulmine contre sa maladresse, et pour se calmer, part vers la montagne en espérant avoir plus de chance. Il est décidé à tirer au clair l'histoire d'Iban. Et si Graciane était encore en vie ? Cette idée l'obsède.

Ne connaissant pas bien le pays intérieur, il suit le sentier à cheval le plus longtemps possible, mais une fois les collines passées, il se retrouve dans une épaisse forêt. Sans s'en rendre compte, il s'y enfonce de plus en plus jusqu'à être obligé de mettre pied à terre pour pouvoir continuer. Après avoir tourné pendant des heures dans des futaies épaisses en tirant son cheval, il s'arrête. Cette fois, c'est sûr, il est perdu. Furieux, épuisé, il se demande ce qui l'a poussé ainsi à partir à la recherche d'une morte et se promet de ne plus jamais se laisser avoir par ses intuitions.

Son cheval montre lui aussi des signes de fatigue, ses flancs sont égratignés.

– Ne t'inquiète pas, lui dit-il en caressant son encolure, on va s'en sortir, et je vais te soigner.

Mais de fougères en ronciers, ce n'est qu'en fin de jour, alors qu'il désespère d'en sortir, que par miracle, il tombe sur une lumineuse clairière. L'herbe y est aussi douce et verte qu'au début du printemps et un ruisseau y serpente. Justinien y amène son cheval. Il ôte sa chemise déchirée par les ronces et va boire et se laver à grande eau. Il se maudit. Il est griffé sur tout le torse et il est parti sans rien pour se couvrir. Or en montagne et à ces hauteurs, l'air est beaucoup plus frais. Il se souvient alors de la cape restée accrochée derrière la selle. Il s'y enroule et s'effondre au pied d'un arbre. De là où il se trouve, au-delà de la crête des arbres, il peut admirer au loin les vagues des collines vertes et les eaux bleues de l'océan où se reflètent les derniers feux du soleil. Peu à peu, il se détend. Dans un champ, serpes en main, des paysans se dépêchent de ramasser les dernières gerbes de blé et de garnir les charrues pendant que, dos courbés, des femmes arrachent des pommes de terre qu'elles s'empressent d'enfouir dans des sacs de jute où elles se conserveront tout l'hiver. Des enfants se poursuivent devant une ferme et un chien joueur aboie après eux. Leurs cris de joie lui parviennent, assourdis. Justinien sourit. Il y a longtemps qu'il n'a pas connu pareil moment de paix. Il est si bien que sans s'en rendre compte il s'abandonne et s'endort profondément, épuisé.

Il est réveillé par une étrange sensation de douceur. Une main lui caresse le visage et les cheveux, et une voix chuchote à son oreille des mots d'amour. Un jappement de chien lui ouvre les yeux. Il ne rêve pas.

Graciane, allongée contre lui, le caresse et lui parle. Le destin l'a conduit là où il pensait ne jamais arriver, jusqu'à elle. Une bouffée de bonheur l'envahit. Il savait qu'elle était vivante, il le sentait. La clairière dans laquelle il s'est endormi est proche de la maison de Paskoal et elle a pris l'habitude d'y venir le matin, très tôt. Elle aime admirer la côte au loin avant le lever du soleil, à cette heure où l'air est si pur. Depuis qu'elle est arrivée chez Paskoal et que Tchakur l'a menée à travers les ronces jusqu'à cette clairière où il aime venir boire et se baigner dans l'eau fraîche du ruisseau, Graciane s'est mis en tête que Peyo allait revenir. Elle vient l'attendre ici. Paskoal n'aime pas la voir avec ces idées-là, mais rien n'a pu la faire céder. Alors il la laisse faire. Et puis Tchakur est un bon gardien.

Ce matin le cœur de Graciane s'est arrêté de battre quand dans sa clairière elle a aperçu un homme endormi enroulé dans une cape de berger. Elle s'est approchée et a tout de suite reconnu la cape de Peyo, son bouton de buis. Bouleversée, elle s'est allongée près de celui qu'elle prend pour Peyo et le serre dans ses bras en l'abreuvant de mots d'amour.

– Tu es revenu ! Merci, merci, merci… Tu es là ! Tu es revenu, tu es là, tu m'as entendue. Mon amour, tu étais si loin, j'ai eu si peur…

Tchakur renifle Justinien en poussant de petits jappements, et après une inspection rapide, rassuré, il s'en va tranquillement retrouver le cheval près du ruisseau. Justinien n'ose pas faire le moindre geste. Il n'a qu'une crainte, que Graciane disparaisse. Il est jeune, passionné, et n'a pas approché de femme depuis de longs mois. Au quartier général, les autres se moquent de lui, parce qu'il est beau, parce qu'il plaît, et parce qu'il n'en profite pas. Dans cette clairière, il n'a rien voulu, rien provoqué. Elle l'appelle *mon amour* en repoussant sa capuche, et il se dit qu'elle va comprendre son erreur. Mais pleine de ferveur, elle l'embrasse sur le visage, dans les cheveux, sur le corps. La cape s'est entrouverte sous ses doigts et elle pose des baisers le long de son cou, de son buste. Il ferme les yeux. Il sent sa peau, ses cheveux, son odeur. Il frissonne et le désir les emporte.

# 24

Amalia est venue annoncer aux parents de Murgui sa décision d'initier leur fille au métier de guérisseuse et de lui confier son trésor, les secrets de ses alambics.

– J'ai beaucoup réfléchi avant de vous faire cette proposition, leur dit-elle. Ce savoir ne doit pas être mis entre toutes les mains. Les plantes peuvent guérir, mais elles peuvent aussi tuer. Il faut avoir le sens des responsabilités pour s'en rendre maître. Murgui est honnête, j'ai confiance en elle. Et il est temps de lui apprendre un métier.

Le père et la mère l'écoutent, mais semblent réticents. Ils reconnaissent que ce serait une chance pour leur fille, car les rentrées d'argent sont irrégulières dans la boutique du cordonnier, et la peur de se retrouver à la rue ne les quitte pas. La mère de Murgui a connu la vie nomade, l'instabilité permanente, les campements sous la pluie. L'exclusion elle sait ce que cela signifie, elle l'a douloureusement vécue. Et pour rien au monde elle ne veut cela pour sa fille. Murgui est née au pays, d'un homme du pays dans une maison du pays. Pourtant aux yeux des autres elle reste la fille de la Gitane, et sa mère craint qu'elle ne trouve jamais de mari. Mais aujourd'hui, c'est autre chose qui la perturbe. Un bruit court. Une paysanne a surpris plusieurs fois le vieux Paskoal entrant chez Amalia à la nuit tombée. « Il passe par le sentier des chèvres, a-t-elle raconté. Au début je n'y ai pas fait attention, mais à force, j'ai fini par trouver ça bizarre. »

On ricane en suspectant un retour de flamme, mais personne n'y croit vraiment. « Qu'est-ce qu'ils peuvent bien faire tous les soirs ? Peut-être le sabbat, qui sait ? »

Une phrase en l'air dite sans mauvaise intention, mais la rumeur s'est propagée dans toutes les maisons. On dit qu'il se passe chez Amalia des choses pas claires, et par les temps qui courent, une rumeur pareille équivaut à un arrêt de mort. Heureusement, pour l'instant la rumeur est restée cantonnée dans les maisons du port où Amalia est respectée. Tous ont besoin d'elle et personne ne souhaite l'envoyer au bûcher. Les parents de Murgui finissent d'ailleurs par lui avouer ce qui se murmure à son sujet. Amalia lève les yeux au ciel.

– Vous êtes tous pareils, dit-elle, exaspérée. Vous écoutez les bêtises et vous les colportez. Ce juge n'est pas le seul responsable des mises à mort !

Cachée derrière la porte de sa petite chambre, Murgui s'apprêtait à repartir à la recherche de Bixente quand elle a compris qu'on parlait d'elle, et elle redoute que ses parents acceptent la proposition d'Amalia. Elle n'a aucune envie de ramasser des plantes et de soigner des malades. Elle veut devenir charbonnière comme Bixente et vivre à ses côtés. Mais ses parents n'en savent rien, personne n'en sait rien, sauf

Paskoal. Au moment où elle s'apprête à quitter sa cachette pour le leur annoncer, exaspérée Amalia se lève :

– Si tout le monde laisse faire, dit-elle, il y aura encore des morts. Beaucoup de morts ! Rien ne vous protégera comme rien ni personne n'a protégé la femme d'Andrès. Ils l'ont pendue hier, avec son bébé dans le ventre. Et ils ont torturé à mort et brûlé son beau-frère. Dites à tous les idiots qui parlent à tort et à travers que Paskoal vient me voir parce qu'il est anéanti depuis qu'il a appris la mort de Bixente d'Arbonne. Ce jeune charbonnier, c'était comme son fils.

Le choc de la révélation terrasse Murgui. Inconsciente de la portée de ses propos, Amalia raconte que Bixente a été dénoncé par Lina. L'homme du Biltzar s'est confié au père Etchegoin avant de fuir en Espagne.

– Ils lui ont crevé les yeux, arraché les membres, ils l'ont brûlé encore vivant. Personne n'a bougé. Dites-leur à tous, dites-leur bien que Paskoal est dévasté de chagrin, et que s'ils veulent nous envoyer au bûcher pour ça, ils n'ont qu'à le faire !

Les parents de Murgui sont accablés, honteux. Eux aussi ont imaginé des choses, et voilà que la terrible vérité leur éclate à la figure.

Derrière la porte, Murgui se laisse glisser au sol. Elle est blanche et froide comme le marbre. Amalia partie, elle finit par trouver la force de se relever et de quitter la maison sans que ses parents l'entendent.

Elle longe le port et se dirige vers la montagne comme une automate. Une fois passés les champs et la forêt, elle court pendant des heures jusqu'à ne plus savoir, jusqu'à ne plus pouvoir, jusqu'à ce qu'à bout de forces et de souffle, perdue, elle tombe à genoux. Un hurlement atroce sort alors du fond de ses entrailles, un cri inhumain et déchirant, qui résonne dans toute la montagne.

Dans sa bergerie, Paskoal tend l'oreille. Est-ce un animal ou un humain qui a crié ? C'est lui qui retrouve Murgui trois jours et trois nuits plus tard. Elle n'a pas bougé, elle n'a pas faim, pas soif, pas froid. Elle se laisse mourir, mais respire encore. Son corps ne lui appartient plus, elle s'en est détachée. Paskoal l'emporte tel un fétu de paille jusqu'à la maison d'Amalia. Elle est si légère.

On la croit perdue, mais les plantes et tout l'amour d'Amalia finissent par éloigner la mort. Au fil des jours, le sang coule de nouveau dans ses veines, et l'air emplit ses poumons. Elle se nourrit, boit, marche. Son corps est vivant, mais son regard est éteint. Elle ne sourit plus, ne dit rien. Elle reste assise sur le banc devant sa maison, plus vide qu'un fantôme. Amalia passe la voir tous les jours. Paskoal lui a dévoilé l'amour secret de Murgui pour Bixente, et ils ont décidé de ne rien en dire. Tout le monde s'imagine qu'elle a fait un malaise et qu'elle s'est perdue.

Mais personne ne s'explique son changement de comportement et le bruit commence à courir qu'une sorcière lui a jeté un sort. Un matin, une amie de Lina s'arrête pour lui parler, éprouvant le besoin de se confier. Évincée depuis que Pierre de Lancre a pris toute la place dans la vie de Lina, celle-ci ne décolère pas. Murgui est la confidente idéale. Muette, absente au monde, elle n'ira rien répéter. La fille raconte tout ce qu'elle sait. La jalousie meurtrière de Lina pour la femme d'Andrès, sa course effrénée à la dénonciation pour maintenir son influence sur de riches amants.

– Lina a peur de finir seule et pauvre. Elle ferait n'importe quoi pour se faire épouser. Elle veut faire payer ses anciens amants et raconte ses saletés pour plaire à son juge. Il en demande de plus en plus, et elle commence à manquer d'idées. C'est ce qu'elle m'a dit. Pourtant, elle en a des idées, je te jure, avec tout ce qu'elle invente et tout ce qu'elle me faisait raconter sur les uns ou les autres !

Inconsciente de la portée de ses propos, l'amie de Lina entre dans les détails, ressasse toutes les vilenies et larmoie sur le manque de reconnaissance de celle qu'elle a si bien aidée. Murgui l'écoute déverser l'horreur de la machine infernale qui a mené à la mort de Bixente. D'étranges lueurs passent dans ses yeux, des frissons courent sur sa peau, et de la pointe des pieds jusqu'au sommet de son crâne, un sentiment nouveau l'envahit tout entière : la haine. Une haine pour cette fille qui débite ces atrocités du ton le plus naturel qui soit, pour le juge bourreau, pour la foule anonyme qui n'a pas bougé et qui est allée voir Bixente griller comme on va au spectacle. Mais une détestation plus forte encore lui dévore le ventre pour celle qui se pavane et qui va payer le crime de Bixente : Lina de Zugarramurdi !

La Murgui qui revient à la vie ce matin-là n'est pas celle que tous ont connue. Les émotions ne l'atteignent plus, elle n'a plus aucun sentiment. Elle renaît froide et dure, bien plus que Lina même ne l'a jamais été.

# 25

Au quartier général, Pierre de Lancre multiplie arrestations et condamnations. La troublante Lina lui apporte une aide inespérée, et Jean d'Espaignet n'étant plus dans ses pattes, il avance sur une terre de plus en plus soumise. Non seulement personne n'ose émettre la moindre réticence ni réclamer son indulgence, mais des individus de toutes conditions et de tous âges lui livrent de nouvelles victimes. La délation gangrène les familles les plus unies. On accuse pour tout et n'importe quoi. Pour se protéger, pour éloigner la mort, pour de vieilles rancœurs, d'anciens conflits. On évoque des troupes de sorcières volant dans le ciel, se glissant dans les lits pour y pratiquer le sabbat sans que l'on s'en rende compte. Les récits les plus délirants circulent.

Jusqu'à présent les Espagnols ont observé la situation avec circonspection, mais les dénonciations de Lina commencent à faire d'énormes dégâts à Zugarramurdi, et les réfugiés qui fuient Pierre de Lancre affluent chez eux par vagues entières. Ils ne sont pas préparés à faire face à pareil afflux et n'ont aucun moyen de l'empêcher, à moins de déclencher un conflit. Fortement déçu par leur manque d'implication, de Lancre ne les ménage pas. Dans son esprit, tout se joue entre les forces du mal et celles du bien. Le démon combat le monde chrétien, et pour lui les Espagnols n'en ont pas pris conscience. Un ecclésiastique proche du roi d'Espagne s'est même permis de douter du bien-fondé de sa chasse aux sorcières. Il en est sidéré. La diplomatie n'étant pas son fort, il tourne ouvertement les autorités espagnoles en dérision. Mis au courant par leur espion en place, les inquisiteurs du tribunal de Logroño ne donnent, heureusement, pas suite. Il faut dire qu'ils ont d'autres priorités que les histoires de sorcières et de fugitifs cantonnés sur ce bout de montagne. Mais ils exercent, en conséquence, une surveillance accrue sur la frontière, compliquant sérieusement la mission de Jean d'Espaignet, qui fulmine. Il craint que Juan Velázquez annule le déjeuner prévu à la forteresse espagnole.

Pourtant, le jour venu, non seulement Juan Velázquez le reçoit, mais à aucun moment il n'est question de Pierre de Lancre et de ses furies. En diplomate aguerri, l'homme, qui sait accueillir, fait à d'Espaignet les honneurs de sa table.

Dans la voiture qui le ramène en France avec Justinien, d'Espaignet dresse du gouverneur un portrait ambigu :

– Je n'arrive pas à croire qu'il puisse être l'Espia Mayor. Mais en même temps, il peut si bien cacher son jeu qu'il serait parfait dans le rôle.

Justinien a la tête ailleurs, avec Graciane, grisé par le bonheur de l'amour dans ses bras, et il ne sait quoi penser. Il s'est à peine assoupi, pourtant elle a disparu sans qu'il s'en rende compte. Il l'a appelée, en vain. Parfois, il se demande s'il n'a pas rêvé, mais il sent encore la douceur de ses baisers, son odeur. Graciane est restée sur sa peau.

– Qu'en penses-tu, Justinien ? Où en es-tu de ta mission ?

Le garçon se ressaisit. Jean d'Espaignet l'observe, le front soucieux.

– J'ai trouvé l'agent que vous cherchez.

Le juge manque s'en étouffer.

– Ça alors ! Tu l'as vu ?

– Oui. C'est un pêcheur de Saint-Jean-de-Luz…

Jean d'Espaignet est perplexe.

– Un pêcheur, tu es sûr ?

– Il a une barque et s'en va pêcher au large comme les autres, reprend Justinien, mais il revient toujours à vide, et raconte qu'il vend son poisson à Hendaye. Pendant que vous déjeuniez, je l'ai vu sortir discrètement de la tour de la forteresse et je l'ai suivi jusqu'à sa barque. Il n'a pas traîné, il est reparti aussitôt vers les côtes françaises.

Jean d'Espaignet grimace.

– Les salles de garde sont pleines de trafiquants comme lui, commente-t-il en secouant la tête. La solde n'est pas grosse et il faut bien l'améliorer. Ce n'est pas notre homme. Quels renseignements secrets crois-tu qu'un tel individu puisse transmettre à un homme du niveau de l'Espia Mayor ? L'espion dont je t'ai parlé a accès à des informations qu'on ne trouve pas dans une simple barque. Il porte beau, fréquente les meilleures tables et court les salons. Tu t'es trompé. Je suis déçu que tu aies si peu de jugement.

D'Espaignet a pris un air pincé, et la fierté de Justinien est mise à mal. La coïncidence était trop belle, il s'est peut-être emballé un peu vite. Piqué au vif, déterminé, il décide d'accompagner le magistrat dans tous ses déplacements et dîners. Le prochain sera au château d'Aimée d'Artix. La vieille dame ne cache pas à son entourage la terreur que lui inspire la traque de l'envoyé royal. Catherine de Lissalde, une de ses amies, a été récemment condamnée et exécutée. Lina avait juré l'avoir vue au sabbat. Jamais, au grand jamais, Aimée n'aurait imaginé qu'on puisse envoyer au bûcher une dame de la haute société sur la dénonciation d'une fille de rien. Désemparée, elle se demande comment la chasse aux sorcières a pu prendre une pareille tournure. Pour éviter que ses plaintes ne soient entendues par les personnalités influentes de la région, Jean d'Espaignet décide de lui rendre visite pour lui rappeler que Pierre de Lancre n'est là que parce que son fils a réclamé son aide.

Justinien l'accompagne. De la route qui longe la propriété, les deux hommes admirent la vue des jardins opulents. Des massifs de rosiers rehaussent les pelouses de leurs couleurs vives, des bouquets de campanules blanches bordent les allées, et de grandes brassées d'hortensias fleurissent généreusement au pied de la sévère bâtisse. Le temps est magnifique, pas un nuage à l'horizon. Aimée d'Artix n'attend pas leur visite. Elle est au jardin. Le domestique qui les accueille veut les accompagner, mais Jean d'Espaignet l'en dissuade : ils vont s'y rendre seuls. Une promenade dans ce jardin magnifique, dit-il, sera un apaisement bienvenu.

– Vous la trouverez vers les serres, du côté ouest. Elle est avec son jardinier.

Le domestique a vu juste, ils l'aperçoivent de loin qui

discute avec l'homme. Surprise et visiblement ravie de les voir, elle congédie le jardinier qui s'éloigne aussitôt, puis elle s'avance vers eux et les accueille à bras ouverts.

– Venez, chers amis, allons prendre une collation.

Jean d'Espaignet lui fait part de son admiration pour son parc merveilleusement entretenu.

– Justement, dit-elle, j'en parlais avec mon jardinier et je le félicitais. Nos rosiers surtout sont superbes.

À aucun moment elle n'évoque ses inquiétudes et Jean d'Espaignet en est soulagé. Il se dit qu'il serait inconvenant d'aborder un sujet qui fâche et qui lui rappellerait les malheurs de son amie. De plus, elle est de si bonne compagnie qu'il n'a aucune envie de rompre le charme.

Dans la voiture qui les reconduit, il s'extasie :

– Heureusement qu'il existe des dames comme Aimée pour entretenir de tels jardins et offrir de pareilles collations. Son jardinier fait vraiment des merveilles !

– Elle a menti, intervient brutalement Justinien. L'homme avec lequel elle parlait n'est pas son jardinier.

– Que dis-tu ?

– C'est le pêcheur que j'ai surpris dans la forteresse de Fontarrabie.

La révélation fait l'effet d'une déflagration dans le cerveau du juge. Car si Justinien dit vrai, cela signifie que le pêcheur est le lien entre l'informateur et l'Espia Mayor. Et que donc Aimée d'Artix, cette délicieuse hôtesse, cette vieille dame qui s'occupe de fleurs et de réceptions mondaines, pourrait être le mystérieux agent. Cette hypothèse le foudroie, le juge ne peut y croire. Il tente de trouver une explication logique.

– Ce pêcheur est peut-être aussi jardinier… Sans doute trafique-t-il quelque produit illicite avec les gens de la forteresse tout en travaillant chez Aimée pour gagner un peu plus. Peut-être a-t-il une grande famille…

– Il vit seul.

– Comment le sais-tu ?

– Je l'ai suivi à plusieurs reprises quand il quittait la forteresse. Je sentais qu'il y avait du louche. Et il n'y a personne dans sa vie.

Le juge l'écoute, sidéré.

– Et ce n'est pas tout. Il portait quelque chose. De loin, j'ai aperçu un pli roulé entre ses mains. Quand il est ressorti de la forteresse, il ne l'avait plus.

Le magistrat déglutit avec difficulté. Par l'intermédiaire de ce pêcheur, Aimée d'Artix transmettrait des informations hautement sensibles à la forteresse de Fontarrabie ? Juan Velázquez serait donc bel et bien l'Espia Mayor.

Par les multiples réseaux dont elle dispose avec son fils et le bailli, par sa parenté avec Pierre de Lancre, au cours de ses nombreuses réceptions qui accueillent les personnalités les plus influentes de la région, elle a accès à des informations importantes, parfois même capitales. Jean d'Espaignet est sous le choc. Le voyage jusqu'à Bayonne se termine dans un silence glacial.

À peine arrivé, il souffle à Justinien de faire seller son cheval et de filer au plus vite trouver de Lancre.

– Dis-lui que je dois le voir immédiatement, que c'est urgent. Mais pas un mot sur ce dont il s'agit. Tu m'entends ?

Tu n'as rien vu, rien entendu. N'évoque pas notre visite au château. Oublie tout ce qui concerne cette affaire. Tout !

Justinien est abasourdi. Avoir démasqué l'espion qui défie tous les services de renseignements du royaume est une victoire inespérée. Une victoire sur les services secrets espagnols. Elle méritait d'être dignement fêtée. Mais au lieu de le couvrir d'éloges, d'Espaignet le met à l'écart. La désillusion est grande.

Elle l'est davantage encore les jours qui suivent, quand il s'aperçoit que le juge enterre l'affaire et que sa propre situation se dégrade. On le cantonne à des tâches subalternes. Lui qui a toujours montré une droiture et une fidélité sans faille comprend qu'il dérange. Il a vu ce qu'il n'aurait pas dû voir, alors on le déclasse. Ainsi sa parole ne sera plus d'aucun poids s'il lui prend un jour l'envie de parler. La leçon est douloureuse, mais Justinien la retient. Profondément atteint, il erre désormais dans le quartier général où il est cantonné. L'attitude du juge lui ouvre les yeux. Il avait foi en tout, il ne croit plus en rien.

Cette mission l'a anéanti, il a côtoyé au cours de ces derniers mois une violence extrême qu'il n'imaginait pas possible de la part d'hommes de bien, maintenant il découvre la trahison. Pour continuer à vivre, il ressent une nécessité féroce et urgente de croire encore en quelque chose. Ce sera Graciane. Il ne peut l'abandonner à son sort. Il l'emportera loin de toutes ces horreurs, de toute cette boue. Cette décision l'apaise. Il va réparer ses erreurs, la retrouver et la sauver.

# 26

Sur les espaces venteux de Terre-Neuve, l'aube se lève. Andrès a repris le travail. Il est brûlé moins gravement qu'il le pensait, mais il ne peut plus tout faire. Peyo le décharge des tâches difficiles. Les deux hommes, plus soudés que jamais, parlent avec gravité. Andrès a pris conscience qu'il ne jouait pas que sa vie en chassant la baleine, mais aussi celle de sa femme. Que deviendrait-elle s'il mourait ? À la prochaine saison, il n'est pas certain de vouloir reprendre la mer. L'accident l'a fragilisé, et Peyo se sent coupable. Les marins basques font l'admiration de tous les marins du monde, ce sont des pionniers. Andrès était l'un des plus forts, des plus déterminés.

Ce matin de début octobre, sur le quai ils attendent le dernier baleinier qui arrive de Saint-Jean avant la saison d'hiver. La traversée dure presque huit semaines. Parfois davantage selon le temps, les avanies. Eux ont eu de la chance : pas une seule tempête et un vent régulier durant toute la traversée.

Les marins de Terre-Neuve sont rassemblés pour accueillir

le bateau. Peyo et Andrès sont impatients. Enfin, ils vont avoir des nouvelles de leurs familles. Andrès, fébrile, répète qu'il a hâte de rentrer. Jamais on ne l'avait vu dans un pareil état. Peyo le réconforte : un navire qui arrive, c'est la fête.

Mais sur le pont, les marins restent étrangement calmes. Ils ne poussent pas les cris de joie habituels et ne montrent aucun enthousiasme à retrouver leurs amis. Ils ont même triste mine. En les voyant descendre, sombres et silencieux, les hommes au sol devinent que quelque chose de grave est arrivé.

Le capitaine parle le premier : le pays est à feu et à sang, des juges bordelais emprisonnent à tout va et montent des bûchers. Tous écoutent, sidérés, ce récit glaçant. Certains arrivants avouent qu'ils ont emmené leurs femmes en cachette pour les protéger de cette folie. Elles sont une dizaine à descendre. Elles ont embarqué au dernier moment sans préparation et sont dans un état épouvantable. Sur le quai règne un silence de mort. Tous les marins accusent le coup, puis c'est la foire d'empoigne, chacun réclame des nouvelles de sa propre femme, de sa mère, de ses sœurs. On raconte alors ce qui est arrivé à Graciane, son sauvetage miraculeux. Quant à la femme d'Andrès, les arrivants annoncent à celui-ci qu'elle a été arrêtée et accusée de sorcellerie, que des hommes de l'envoyé royal l'ont emportée, mais qu'ils n'en savent pas plus.

Les marins de Terre-Neuve sont atterrés et Andrès croit devenir fou. Il veut soudain embarquer, immédiatement. Rentrer chez lui. Il hurle, se débat, au point qu'ils doivent se mettre à plusieurs pour le maîtriser.

Son désespoir les bouleverse. Silencieux, debout sous les rafales de vent face à ce navire qu'ils ont tant espéré, ils ont la gorge sèche et les yeux rougis. Cela fait des mois qu'ils attendent l'arrivée du baleinier. Ce moment de joie, ils l'ont rêvé : avoir enfin des nouvelles des leurs, respirer l'air du pays. Mais jamais ils n'auraient imaginé que les familles qu'ils croyaient à l'abri, et pour lesquelles ils risquent leur vie tous les jours, se retrouveraient plongées dans ce déferlement de violence. Rien ne les a préparés à cela et rien ne peut les effrayer autant que la justice des hommes s'abattant sur leurs femmes. Certains ont déjà eu affaire à elle et savent combien elle peut être dévoyée. Ils ont moins peur des traversées mortelles, des ouragans, des pillards, de la souffrance des départs avec l'inquiétude pour celles laissées au port ; cela, ils connaissent. Chaque jour Peyo pense à Graciane, à son quotidien, les bras chargés de linge pour aller jusqu'au lavoir. Quand les hommes sont à Terre-Neuve, quand il n'y a plus un seul navire au port, les femmes comme Graciane sont seules et n'ont pour unique protection que des vieux, des enfants, et les paysans dans les villages lointains. Comment pourraient-elles se défendre face à des hommes en pleine force de l'âge qui ont pour eux la loi, le pouvoir et les armes ? Mais Peyo refuse de s'affoler. Il essaie de garder les idées claires, de réfléchir, et se demande où peut être Graciane. Il pense à ce mystérieux cavalier qui l'a enlevée et sauvée. Et il se ronge.

Les marins sont terrassés. Leurs visages sont défaits. Aucune nouvelle ne pouvait davantage les atteindre, et l'océan est la pire des frontières qui puisse se trouver entre eux et celles qu'ils aiment. Il faut plus de deux mois pour le traverser. La saison des grands ouragans vient de commencer, jamais un baleinier ne prendra la mer dans l'Atlantique nord en sachant qu'il sera pris dans les vents parmi les plus violents du globe, avec des creux de houle et des vagues meurtrières de plus de trente mètres. Aucun navire ne résiste à leur puissance dévastatrice.

Andrès a cessé de crier. Il sanglote et les hommes, écrasés, écoutent ces pleurs terribles d'un homme qui ne pleure jamais. Le silence est lourd, il semble ne jamais pouvoir finir. Brutalement, Peyo le rompt :

– On plie tout et on part. Faites ce que vous voulez, mais moi, même seul, même dans une barque, je rentre.

Face à l'énorme navire, debout au milieu de ces hommes épuisés, au cœur de ce paysage pelé encombré de fours dégageant une épaisse fumée noire, il parle d'une voix ferme, et tous en cet instant ont la certitude que, quoi qu'il se passe, quelle que soit la folie de sa décision, Peyo partira. Un frisson les parcourt. Ils n'attendaient pas autre chose pour sortir de la sidération dans laquelle ils sont plongés. Du capitaine au lessiveur de pont, aucun ne peut imaginer laisser sa femme et ses enfants seuls face à un danger aussi grave. Ils viennent d'une communauté soudée. Ils ont l'habitude des coups du sort et des décisions rapides. Solidaires, ils n'ont aucune hésitation. Chacun fera ce qu'il a à faire. Ils ont tous du métier et l'habitude des départs.

À l'aube, leur navire lève l'ancre.

# 27

Mains dans le dos et face à la fenêtre qui donne sur l'embouchure de l'Adour, le regard perdu dans les eaux du fleuve, Pierre de Lancre réfléchit. D'Espaignet vient d'annuler sa visite. Une visite qu'il avait pourtant réclamée d'urgence. Il s'est désisté en lui demandant simplement d'occuper Justinien à des tâches ordinaires au quartier général. Cette attitude lui rappelle celle des conseillers du parlement de Bordeaux quand ils cherchent à étouffer de vilaines affaires.

De Lancre n'est pas loin de la vérité. Jean d'Espaignet a réfléchi. Maintenant qu'il est convaincu qu'Aimée est bien l'espionne qu'il recherchait, il mesure les conséquences que son arrestation aurait pour lui et les siens. Aimée est issue d'une lignée très ancienne. Les membres de sa famille occupent des postes importants et sont liés par mariage et cousinage à celle de Pierre de Lancre et à celle de d'Espaignet. Redoutable réseau composé de figures aussi prestigieuses que Montaigne et d'autres qu'il vaut mieux ne pas déranger. Sans aller jusqu'à mettre la trahison d'Aimée sur la place publique, seulement la porter à la connaissance du roi serait un désastre. Car cela obligerait le roi. Un agent démasqué est interrogé, torturé et exécuté. Il ne pourrait y avoir d'exception, d'autant qu'il s'agit d'une espionne au service de l'ennemi le plus honni. Les guerres ont été dévastatrices, beaucoup de soldats ont perdu la vie en se sacrifiant pour le royaume de France. Aucun recours ne sera possible pour celle qui les a trahis avec l'ennemi juré, l'Espagnol. Mais sacrifier Aimée serait sacrifier ces réseaux précieux des familles du parlement de Bordeaux, dont la sienne. La fille d'un président, la belle-sœur d'un conseiller, le fils du maire, de l'avocat ou du médecin de la cour, ils sont tous unis et mutuellement redevables d'une manière ou d'une autre. Tirer un seul des fils et la toile tout entière s'effilocherait. Jean d'Espaignet tient à ces réseaux comme à la prunelle de ses yeux. Il sait ce qu'il leur doit et ne peut détruire un héritage aussi précieux pour lui et ses enfants. Il ne peut dénoncer Aimée, mais ne peut non plus laisser la situation en l'état.

À force de tourner et retourner la question, il lui vient à l'esprit une solution qui pourrait tout faire basculer en sa faveur. Mais il doit régler l'affaire en tête à tête avec Aimée et se débarrasser de Justinien, qui seul sait qu'elle est l'agent tant recherché. Justinien lui a rendu beaucoup de services et il a de l'estime pour lui. En faire la victime d'un malencontreux accident ? Il ne peut s'y résoudre. Il décide de le reléguer à d'obscures fonctions, puis de l'exiler au fin fond d'une province où personne n'entendra plus parler de lui. Quand il est question de ses affaires personnelles, Jean d'Espaignet agit en fonction d'un seul intérêt. Le sien.

Toute la nuit, il a réfléchi à la meilleure manière de procéder pour obtenir les aveux d'Aimée. Ce qui s'avèrera ardu sans arrestation ni torture. Dans la voiture qui le conduit vers la propriété de la vieille dame, il élabore plusieurs stratégies, mais aucune ne lui convient. Aimée comprendra vite qu'il ne la dénoncera pas. Or il faut qu'elle le croie pour révéler si Juan Velázquez est bien l'Espia Mayor.

Inconsciente de ce qui l'attend, très étonnée de revoir le juge alors qu'il est passé la veille, Aimée d'Artix s'avance, souriante comme une bonne vieille dame inoffensive, et Jean d'Espaignet ne peut s'empêcher d'être consterné par une telle assurance. Certes lui-même est loin d'être un ange et l'art de la manipulation ne lui est pas étranger. Mais là il s'agit de haute trahison envers son pays, et une telle duplicité le révolte. Il lui jette à la figure tout ce qu'il sait. Elle s'affole. Puis se ressaisit. Jean d'Espaignet a vu juste. Aimée, elle aussi, connaît le pouvoir des familles et a dans ses tiroirs quelques sordides histoires sur les uns et les autres, qu'elle pourrait ressortir. De plus elle note bien que Jean d'Espaignet est venu seul, sans la moindre escorte, pas même ce Justinien qui l'accompagne toujours. C'est donc qu'il tient à ce que ça reste en famille. Il n'a pas l'intention de la dénoncer. Soucieuse de ne pas être entendue des domestiques, elle l'entraîne dans l'allée bordée de campanules. À les voir tous deux dans ce cadre idyllique, on jurerait un couple tranquille devisant de choses ordinaires. Se penchant sur un buisson de roses au doux parfum, Aimée en coupe une fleur.

– Sentez, mon ami, son odeur merveilleuse. Je sais combien vous aimez les fleurs. À ce qu'on m'a dit, vous avez vous aussi un beau jardin dans votre hôtel particulier de Bordeaux. Depuis des siècles, cette demeure appartient à ma famille. Et comme vous tenez à la vôtre, je tiens à la mienne. Et j'aime mon pays. Mais notre roi n'était pas catholique avant sa récente conversion pour épouser Margot. Sa mère Jeanne d'Albret a fait du Béarn une terre de huguenots, le danger est à nos portes. Je suis une fervente catholique. Alors à quel roi dois-je ma loyauté en ces temps incertains ? À l'hérétique qui s'est converti pour l'ambition d'un trône, ou à ceux qui en Espagne ont toujours été fidèles au royaume de Dieu ?

– Le roi Henri est catholique !

– Jusqu'à quand ? Moi, je ne change pas d'avis au gré de mes intérêts et je ne trahis personne. Je suis fidèle à ma religion et ne sers que Dieu !

D'Espaignet s'attendait à ce qu'elle tremble devant le sort qui la guettait, or elle se dresse, vindicative. Pire, elle accuse. Un retournement de situation que le juge n'avait pas imaginé. Furieux, il écrase sous son pied la rose qu'elle vient de lui offrir.

– Vous servez peut-être Dieu, Aimée, mais trahir son pays est un crime impardonnable qui mérite la mort. Et ce ne sont pas les forces divines qui vont vous juger, mais le roi de France. En huit années de guerre, beaucoup de nos hommes ont péri sous l'épée espagnole. Il les vengera.

La rose gît, écrasée sous la botte. Aimée se voit mourir. Famille ou réseaux n'y feront rien, si le juge parle, les services du contre-espionnage ne l'épargneront pas. Elle sera soumise à la question des jours entiers. Ils voudront tout savoir, ce qu'elle a fait durant ces années, ce qu'elle a transmis, écrit. Ils voudront d'elle des dénonciations, et pour les obtenir ils lui feront connaître des souffrances atroces. On lui arrachera les ongles, peut-être même on l'écartèlera comme déjà ils l'ont fait à Paris pour un espion : les chevaux ont tiré sur ses membres durant des heures tant il résistait, le supplice a été interminable. Et pour finir, elle sera conduite au bûcher. Aimée chancelle. Le choc d'avoir été découverte est bien plus rude qu'elle ne veut le laisser paraître. Comment a-t-elle pu se faire prendre, elle qui a su si bien dissimuler durant toute sa vie ? À peine s'est-elle posé la question qu'une évidence lui saute à la figure. Le crapaud ! Elle se décompose. Elle le revoit, hideux. C'est lui, le diable qui l'a dénoncée. Ce crapaud veut l'envoyer en enfer. La vieille dame est défaite, les traits de son visage se sont affaissés, elle a pris des années d'un coup. Affolée, elle implore le pardon, jure qu'elle ne donne plus depuis longtemps de renseignements aux Espagnols, qu'elle a envoyé un dernier message parce qu'ils s'inquiétaient des investigations de Pierre de Lancre et du chaos provoqué à la frontière. Jean d'Espaignet jubile : il a réussi. La repentance d'Aimée, son humilité, il les a obtenues.

– À qui votre passeur remet-il vos missives à la forteresse de Fontarrabie ?

Il bluffe. Une visite du pêcheur-espion à la forteresse n'est la preuve de rien. Elle le sait. Alors dans un dernier sursaut elle nie, fait semblant de ne pas comprendre.

– C'est bien simple, Aimée : soit vous me dites son nom et sa fonction, ici et maintenant, soit c'est la torture et le bûcher.

Longtemps écrasée par la justice divine, Aimée se retrouve maintenant devant celle des hommes et n'a plus de forces.

Toute sa vie, elle a été terrifiée à l'idée de brûler un jour dans les cercles de l'enfer ; et dès qu'elle a pu, elle a mis son énergie et ses ressources au service de Dieu. Alors, à quoi bon lutter ?

– Mon contact est le gouverneur Juan Velázquez, lâche-t-elle dans un souffle.

– L'Espia Mayor, c'est lui ?

– Oui.

La pression retombe d'un coup, elle a tout livré. Jean d'Espaignet pousse un profond soupir, puis tourne les talons sans dire un mot. En regardant sa voiture s'éloigner dans l'allée du château, Aimée espère qu'à l'heure du jugement dernier, Dieu lui pardonnera d'avoir faibli et l'accueillera là-haut.

Dans la voiture, Jean d'Espaignet se félicite d'avoir enfin percé le secret qui tourmente les services du contre-espionnage français depuis des années. Sa mission est terminée. Déterminer l'emplacement du fort, mettre un terme aux conflits sur la Bidassoa, démasquer Juan Velázquez comme l'Espia Mayor, il a tout mené jusqu'au bout. Le roi lui en sera grandement reconnaissant. Il ne lui reste plus qu'à liquider le passeur des messages d'Aimée en le faisant passer pour l'espion à la place de la vieille dame. Oubliant le rôle majeur de Justinien dans cette réussite, il se congratule et se réjouit de rentrer dans sa bonne ville de Bordeaux.

Il est grand temps. De Lancre s'en prend maintenant à l'Église et a fait arrêter un prêtre. C'est suicidaire. Mais il n'est pas question de rompre les liens avec lui. Il faut au contraire tout faire pour les renforcer. Il passe donc au quartier général saluer son ami avant de partir.

– Ta mission n'est pas facile, Pierre, je sais que tu fais au mieux, lui dit-il. Si tu as des problèmes, tu peux compter sur moi, et ta famille aussi.

Ces mots suffisent à Pierre de Lancre. Il ne cherche pas à savoir ce qui motive la mise à l'écart de Justinien ni ce départ précipité. Désormais, il a le champ libre. Plus personne pour exercer sur lui une surveillance sournoise. D'Espaignet ne lui a rien reproché quant à l'arrestation du prêtre, c'est tout ce qu'il demande.

Un garde passe la tête par la porte entrouverte.

– Elle est là. J'ai eu beau lui dire que vous la feriez venir seulement quand vous le jugeriez nécessaire, elle insiste.

De Lancre comprend qu'il s'agit de Lina. Il parvient à la tenir à distance, mais elle resurgit toujours. Elle ne le lâche plus.

Quelques jours auparavant, il a donné des consignes pour qu'on prenne ses informations sans qu'il ait à la recevoir. Alors depuis elle se tait.

– Faites-la entrer.

À peine a-t-elle paru qu'il mesure son erreur. Tout sourire, roulant des hanches, elle plonge son regard brillant dans le sien ; se mord les lèvres, qui gonflent et rougissent au beau milieu de son visage offert. Le destin a voulu qu'elle arrive au moment précis où il se sent indestructible, empli d'un pouvoir et d'une réussite qui le grisent. En la voyant s'offrir ainsi sans retenue ni pudeur, les barrières qu'il mettait entre lui et son désir tombent. Cette fois ce n'est plus son cerveau qui parle mais son corps. Et rien ne peut plus empêcher qu'il s'unisse à celle qui fait monter en lui ce désir qu'il refuse, mais qui le consume tout entier.

# 28

Il a cédé alors que Lina n'y croyait plus. Elle lui avait pourtant tout fait, des minauderies, des rires de gorge en cascade, des roucoulades et des œillades, portait des corsages de plus en plus échancrés, relevait ses jupes en toute occasion : rien n'avait eu raison de sa froide indifférence. Et plus il se refusait, plus elle le voulait.

Débarrassé de sa carapace de guerrier, il est sensuel, rugueux. Elle se laisse faire et il la prend froidement, comme il est. Sans un mot, sans un baiser, mais avec une fougue qui la laisse sonnée. Et quand il se relâche, épuisé, elle s'empare de lui aussi fort qu'il s'est emparé d'elle. Toute la nuit, elle s'offre comme on ne s'est jamais offert à lui. Lorsqu'il s'endort, elle passe ses doigts dans ses cheveux avec tendresse. Mais quelque chose lui dit que Pierre de Lancre n'est pas le genre d'homme dont on caresse les cheveux pendant qu'il dort. Alors elle part, juste avant l'aube. Après tant d'amour, elle ne supporterait pas de se faire jeter dehors telle une moins-que-rien, comme cela lui est arrivé trop souvent.

Au matin, dans les rues du port, elle pense avec arrogance

que, si de Lancre a cru la posséder, c'est en fait elle qui l'a eu. Elle se persuade qu'il a été étonné de ne pas la trouver au réveil, mais au fond elle n'est pas dupe. Elle l'a eu par surprise et elle doute qu'il se laisse avoir deux fois.

Et ce qu'elle pressentait se confirme. Une semaine passe sans qu'il donne de nouvelles. Lina s'y attendait, mais ne pensait pas en souffrir. À force de rôder autour du quartier général et de le guetter, elle remarque que tous les soirs il s'enferme dans son bureau et y passe la nuit. Elle imagine mille trahisons, se ronge de jalousie, et un soir, avant qu'il parte chasser les sorcières dans un nouveau village, elle le voit dissimuler la clef de son bureau derrière une statue. Le lendemain, prête à tout, elle se faufile dans les couloirs du bâtiment, saisit la clef, et entre sans hésitation. Une fois à l'intérieur, impressionnée de se retrouver seule dans cette pièce austère si fortement imprégnée de sa présence, elle hésite. Puis elle se met à fouiller frénétiquement. Elle ne sait pas ce qu'elle espère trouver, et à part des dossiers, des livres et un encrier, des plumes et une liasse de feuilles manuscrites, il n'y a rien. Sa déception est au moins aussi grande que son soulagement. Aucune trace de femme, juste des feuillets partout. Elle en prend un et le tourne dans tous les sens. En vain, elle ne sait pas lire. Accaparée par le mystère de ces mots qu'elle ne peut déchiffrer, elle fait mille suppositions, imagine une correspondance adressée à une femme, sûrement de la haute société. Elle n'entend pas la porte s'ouvrir.

Justinien entre dans le bureau. Pierre de Lancre l'a chargé de surveiller le quartier général, soupçonnant tout le monde. L'histoire d'Ignace à propos du cheval mort ne l'a pas convaincu. Le palefrenier fait-il des affaires louches dans son dos ? Quand la caravane part en mission, le quartier général se vide, et Justinien se retrouve seul avec deux palefreniers et deux gardes. S'il se passe la moindre chose, il est le premier à qui de Lancre demandera des comptes. Heureusement, vu la terreur que ce dernier inspire, personne ne vient rôder autour de son antre. Mais Justinien n'est pas complètement rassuré. Un malheureux peut toujours chercher à se venger des crimes de l'envoyé royal. Aussi quand il voit Lina pénétrer dans la bâtisse, son premier réflexe est-il de l'interpeller, mais il se ravise. L'occasion est trop belle de prendre en flagrant délit cette odieuse dénonciatrice.

– Que faites-vous ici ? Qui vous a autorisée à entrer ?

Elle le regarde, ahurie. Il attend ses explications, mais Lina n'est pas le genre de fille à en donner. Elle vient de la rue et en possède toutes les ruses. D'un geste vif, elle lui jette les feuillets en pleine figure et profite de sa surprise pour s'échapper en courant. Le temps qu'il réalise, elle a déjà dévalé les escaliers, il la voit traverser la cour à toutes jambes et s'enfuir par les bords de l'Adour. Il ne cherche pas à la poursuivre, elle nierait. Ce serait sa parole contre la sienne, et Lina possède des atouts qu'il n'a pas. De toute manière, il est certain qu'elle tombera un jour ou l'autre, elle a fait trop de mal pour s'en sortir indemne.

Il entreprend plutôt de tout remettre en ordre pour que de Lancre ne s'aperçoive de rien. Il ramasse les feuilles une à une et y jette un coup d'œil, machinalement. C'est une sorte de journal dans lequel de Lancre note tout ce qu'il voit et fait. Intrigué, Justinien poursuit sa lecture, puis prudent, verrouille la porte. A priori personne ne monte à cet étage quand l'envoyé royal est absent, mais il se méfie. Enfermé à double tour, il se plonge dans ces écrits et blêmit au fil des pages. Effaré, il découvre la vision que de Lancre a de ce pays. Tout ce qui est différent ici est pour lui la preuve que le diable a pris possession des habitants. Il écrit noir sur blanc qu'en cette province tout est étrange et contraire à la règle divine. L'aberration de certains détails laisse Justinien consterné. Telle sa vision des pommiers qui poussent en quantité et du penchant des femmes pour leurs fruits :

*C'est un pays de pommes, ici les femmes ne mangent que des pommes, ne boivent que des jus de pommes, qui est occasion qu'elles mordent si volontiers à cette pomme de transgression, qui fit outrepasser le commandement de Dieu, et franchir la prohibition à notre premier père. Ce sont des Ève qui séduisent volontiers les enfants d'Adam.*

Il explique que ces femmes sont endiablées et que cela vient du *mauvais et pernicieux voisinage de l'Espagne. Leurs danses ne sont pas nobles comme celles de France. Elles sont découpées, tourmentées et agitent le corps, le défigurent. Et toutes les danses les plus indécentes sont venues d'Espagne. Ce sont les danses les plus lubriques et les plus effrontées qui se puissent voir.*

Perplexe, Justinien repose le texte. Il connaît les coutumes de ce pays, il y venait enfant en vacances chez des cousins qui vivent en Navarre. Ces danses joyeuses, ces farandoles où garçons et filles se tiennent par la main, ces danses codifiées où l'on exécute des sauts complexes au son d'une flûte nommée *txistu* et d'un tambourin, il les a toujours vues. Les costumes sont beaux et colorés. Sous la plume de l'envoyé royal, cette culture joyeuse devient un creuset de perversités sordides. Justinien se demande comment le cerveau d'un homme peut produire de pareilles idées.

Dans un autre feuillet, il est question d'une dénonciatrice qui évoque des accouplements du diable avec des sorcières. Le catalogue des horreurs n'en finit pas. Ce sont des pages et des pages de notes scrupuleusement consignées par la plume affûtée de Pierre de Lancre. Suit une interminable liste de noms de femmes et de jeunes filles dénoncées. Parmi elles, Justinien repère la confession de l'une qui affirmait *veiller dans l'église quand elle avait été menée au sabbat par une dénommée Graciane.* Justinien frémit. La première fois qu'il a vu Graciane, elle veillait dans une église. La précision du lieu et la concordance des situations le déstabilisent. Comme tous les hommes et femmes de cette époque immergée dans les croyances les plus invraisemblables, il porte plus ou moins crédit à l'existence des sorcières. Plutôt moins. Il est en revanche convaincu que les délires des dénonciatrices ne sont que des vengeances, de sordides médisances. La dénonciatrice prétend avoir *été portée plusieurs fois en Terre-Neuve par Graciane à travers les airs, comme si elle eût volé. Se tenant à la robe de Graciane, elles allaient et revenaient en un instant en compagnie de plusieurs autres sorcières que le diable emportait toutes à la fois. Qu'elle y voyait toutes sortes de gens du pays qui faisaient élever des orages pour faire perdre des navires et autres vaisseaux.*

Des femmes allant et venant dans le ciel, parcourant des milliers de kilomètres *en un instant*, c'est tout simplement ahurissant. Justinien n'arrive pas à croire que Pierre de Lancre, un homme qui a fait ses humanités et que l'on dit si cultivé, ait pu prendre la peine de noter de telles inepties. Or l'écriture est soignée, les mots choisis. Visiblement, l'envoyé royal compte faire quelque chose de ces écrits. Consterné, Justinien repose les feuillets. Son regard fait le tour de la pièce : un bureau, deux chaises, un meuble surchargé de dossiers et un chandelier couvert de cire fondue. Un paquet de bougies est posé juste à côté, prêt à servir. Le bureau de l'envoyé royal est aussi austère que ses textes sont délirants. Le contraste est saisissant. Justinien en a froid dans le dos.

Il sort, referme la porte et glisse la clef dans sa cachette. Il est sonné, éprouvé par ce qu'il vient de lire. Jamais il n'aurait imaginé pareilles folies sous la plume d'un homme tel que Pierre de Lancre. Et si un homme aussi éduqué et doté d'un tel pouvoir est capable de penser et d'écrire des choses aussi absurdes, Justinien se dit que le danger est immense.

La nuit qui suit, il ne peut trouver le sommeil. Dans ses notes, Pierre de Lancre a placé Graciane en première ligne de celles qui brûleront, s'il l'attrape. Justinien doit impérativement la retrouver avant lui, et lui faire passer la frontière.

# 29

Pendant ce temps, Pierre de Lancre poursuit sa mission avec acharnement. Mais les déplacements dans des bourgs et des villages souvent très éloignés les uns des autres sont de plus en plus difficiles. Il est à bout et ses hommes aussi sont épuisés. Cette traque est une lutte exténuante. Il faut des nerfs d'acier, pour arracher les aveux des mères, des pères, affronter les familles, les enfants, il faut user de force, ne pas se laisser attendrir, et avancer inexorablement. On vit dans les hurlements, les pleurs, les supplications. De plus, le temps est compté. Pas question de tergiverser car la machine ne peut s'arrêter, il ne reste que quelques semaines pour terminer la mission.

À chaque nouvelle place, de Lancre et son équipe doivent s'assurer qu'il y a bien un cachot en état pour emprisonner les coupables, que le compte des fagots y est, que le bois a été payé, qu'il a bien été livré pour monter le bûcher. Et qu'il flambe bien, qu'on ne lui a pas refourgué cette camelote trop verte qui ne fait que de la fumée, comme c'est arrivé trop de fois. Car dans ces cas-là, il faut détacher les condamnés et les pendre. Mais pour monter le gibet, il faut user de mille ruses. La foule est incertaine, on ne sait jamais de quel côté elle va se diriger. Elle hurle contre les sorcières, mais il suffirait de peu pour qu'elle se retourne contre les bourreaux.

De Lancre est à cran. Le roi lui a donné tous les pouvoirs, mais sur le terrain il découvre que le pouvoir ne règle pas tout, loin s'en faut. La peur a gagné les populations et les effets pervers se font sentir. Lina a fait des émules. La peur de la torture et de la souffrance délie les langues à tel point que, même en y passant toutes les nuits, il serait impossible de faire ne serait-ce qu'un semblant de jugement pour chaque suspect. Quand les gens ne fuient pas, ils dénoncent à tour de bras. De Lancre et ses hommes sont débordés. Dans tout le pays, les prisons sont pleines, et les autorités locales ne savent que faire de ces accusés – dont la très grande majorité sont des femmes – à tel point que beaucoup ont été envoyés à Bordeaux. Sur place il n'y a ni personnel ni budget pour les garder et les nourrir. La pendaison et le bûcher ont le mérite d'être expéditifs et de régler cette difficulté, encore faut-il en disposer en tous lieux. En quelques semaines, plus d'une cinquantaine de femmes ont été exécutées. Montage des bûchers, démontage, nettoyage, une pareille chasse aurait cependant demandé des mois de préparation en amont pour que tout soit maîtrisé, en place, prêt à fonctionner. Là il faut improviser, construire et déconstruire au fur et à mesure avec des matériaux qu'on découvre au dernier moment.

Un autre juge s'arrangerait pour terminer sa mission au plus vite, mais pour de Lancre ce combat est celui de sa vie et il ne souffre aucun arrangement. C'est la lutte du bien contre le mal. Les difficultés qui s'accumulent ne font qu'accroître sa détermination. À peine arrivé dans la place, il se met au travail sans attendre, procède aux interrogatoires, ordonne les tortures. Et plus il torture, moins il comprend l'obstination des condamnées à ne pas avouer. Leurs hurlements de douleur quand ses hommes cherchent la marque du diable l'exaspèrent. Il lui est arrivé d'assommer lui-même les prévenues pour en finir. Ces violences quotidiennes sont devenues épuisantes et il se maîtrise de plus en plus difficilement. Quand les familles des condamnées apprennent la sentence, elles crient à l'erreur, à l'injustice, et il faut éviter que la panique gagne leur voisinage et s'empare de la foule. Les gardes chargés de maintenir l'ordre cognent sans retenue, les nerfs sont à vif. Des cris, du sang, du feu. Ils craquent. Personne pour les remplacer, impossible de reprendre souffle. Ils doivent assurer la mission jusqu'au dernier jour.

On se nourrit comme on peut et quand on peut. Le visage de De Lancre s'est creusé, ses traits se sont durcis. Il porte les signes d'une extrême fatigue, et pourtant son acharnement ne fait que croître. Car il en a la certitude, ces entraves sont pour lui la preuve que le diable est à la manœuvre. Alors il redouble d'énergie. Un rythme effrayant qui provoque des interrogations jusque dans son équipe proche. Il se murmure que Jean d'Espaignet a regagné Bordeaux pour ne pas cautionner pareille furie. Mais de Lancre n'a que faire de la rumeur. Rien n'entame ses certitudes, et sur le terrain sa ténacité impressionne. Si tout se ligue contre lui, dit-il, c'est que tout est l'œuvre du diable, la jalousie de ses pairs comme les dénégations des condamnées. La pauvreté de ses arguments devrait surprendre, or c'est l'inverse qui se produit. Il convainc parce qu'il est sans nuance. On finit par le trouver logique. Que la base de son raisonnement soit pervertie n'effraie personne. Ce qui effraie, c'est Pierre de Lancre lui-même.

Ce matin, en rentrant d'une semaine particulièrement éprouvante, il tombe sur Murgui qui fait les cent pas devant son quartier général.

– J'ai beau répéter à cette fille que vous n'êtes pas là, dit le garde, elle refuse de s'en aller. Je l'ai chassée, mais elle revient toujours. Elle dit avoir des choses importantes à vous confier. Qu'est-ce que j'en fais ?

Pierre de Lancre a parcouru des lieues à cheval sur de mauvais chemins, sa semaine a été très dure, il tient à peine debout. Il n'a qu'une hâte, se coucher. Murgui l'observe parlementer avec le garde. Il a ôté son casque de fer. Dépouillé de ses atours de guerrier, c'est un homme à bout. Son visage est marqué et ses habits souillés flottent autour de son corps amaigri. Dominant sa crainte, Murgui s'avance.

– Monseigneur, je sais reconnaître la marque du diable…

Elle n'a pas le temps d'en dire plus, le garde l'empoigne par le bras et tente de l'éloigner. Mais elle se cramponne.

– J'ai vécu chez les sorcières, monseigneur. Elles peuvent voler, traverser le feu, guérir toutes les maladies. Elles connaissent les secrets des plantes, font des miracles. La meilleure d'entre elles est une guérisseuse. Je sais faire ses potions. Je connais ses pouvoirs.

Elle a parlé d'une traite, sans reprendre sa respiration, et a dit tout ce qui lui passait par la tête. Juste pour le retenir. De Lancre fait signe au garde de ne pas intervenir et s'approche d'elle. Il n'est plus qu'à quelques centimètres quand son regard accroche celui de Murgui. Il y a une telle dureté dans le bleu des yeux de cet homme qu'elle a un mouvement de recul.

– Je ne sais pas qui tu es, ni d'où tu sors, mais tu vas m'expliquer…

Elle perçoit la menace et comprend brusquement qu'elle vient de se jeter dans la gueule du loup. Elle n'a pas réfléchi et vient, sans l'avoir voulu, de dénoncer Amalia.

– Tu l'enfermes avec les autres, dit Pierre de Lancre au garde, et tu me l'amènes demain matin.

Quand la lourde porte du cachot se referme sur elle, Murgui a un haut-le-cœur. La prison est un bâtiment humide sur les bords du fleuve, et la pièce d'à peine une vingtaine de mètres carrés est pleine de femmes. Impossible de s'asseoir, et il n'y a que deux seaux d'aisance. L'odeur nauséabonde asphyxie l'atmosphère. Tous ces corps pressés les uns contre les autres, tous ces visages hagards la terrifient. Qu'est-ce qu'il lui a pris ? Comment a-t-elle pu croire que l'envoyé royal l'écouterait ? Dans un dernier sursaut, juste avant que le garde ne referme la porte, elle a tenté de s'échapper, mais l'homme l'a enchaînée.

– Pourquoi t'es là, toi ? Qu'est-ce que t'as fait ?

La femme qui la toise est énorme et bouffie.

– Je sais qui tu es.

Visiblement, cette prisonnière règne sur le groupe. Murgui

n'a aucune envie de lui répondre. Mais la femme monte le ton. Elle tient une nouvelle proie sur laquelle décharger la violence qui s'exacerbe dans l'atroce atmosphère de ce cachot :

– C'est à cause des noiraudes comme toi qu'on croupit ici ! Ta Gitane de mère, on aurait dû la balancer dans l'océan quand elle est arrivée au pays. Elle a attiré le malheur. On avait bien dit à ton père de se méfier, mais il a rien voulu entendre. Il l'aimait, disait-il. Tu parles ! Il était ensorcelé, oui. Toi et ta mère, vous êtes des sorcières mais c'est nous qui sommes ici ! On va toutes griller à cause de vous ! Sales sorcières ! vocifère-t-elle avant de lui cracher en pleine figure.

La consistance molle et visqueuse coule le long de l'œil de Murgui et se répand sur sa joue. Soulagée d'avoir libéré sa hargne, la femme éclate d'un rire gras, qui se coince aussitôt dans sa gorge. Murgui vient de se jeter sur elle, et elle cogne. Elle ne sent plus ses forces que la haine décuple, et la femme, déséquilibrée, s'effondre de tout son poids. Son crâne fait un bruit sourd contre la pierre et le sang coule. Murgui ne s'arrête pas pour autant. Des années de rage contenue se déversent sur le corps de la femme, étendue, inerte.

À l'aube, le gardien trouve Murgui recroquevillée dans un coin. À l'opposé les autres femmes se sont rassemblées, effrayées. Et au centre gît le cadavre ensanglanté de la malheureuse.

# 30

La rage meurtrière de Murgui époustoufle Pierre de Lancre. Que de ce corps si menu ait pu sortir autant de puissance l'impressionne.

– Tu es sûr qu'elle a fait ça toute seule, tu es bien sûr ?

Le garde confirme. Toutes les prisonnières lui ont fait le même récit. D'ailleurs, précise-t-il, la Gitane ne s'en cache pas. Après réflexion, de Lancre se dit que cette fille est arrivée au bon moment. Et si elle est venue sans crainte lui offrir ses services, c'est sans doute une repentie, comme Lina. Elle a l'air d'en savoir beaucoup, il devrait en tirer de grands bénéfices. Elle a parlé d'une guérisseuse et a avoué savoir reconnaître la marque du diable. Un savoir précieux et rare. Si elle dit vrai, il gagnera beaucoup de temps. Mais avant, il ordonne qu'on la passe à la torture. En précisant de ne pas la tuer et de ne pas trop l'abîmer non plus.

Conduite au bourreau, tordue de douleur entre ses mains perverses, Murgui a souhaité mourir mille fois. On lui plonge la tête dans l'eau jusqu'à suffocation, on lui brûle la plante des pieds, on la roue de coups, on la laisse quasi morte et on l'oublie dans une pièce plongée dans l'obscurité. Comment pourrait-elle, en pareilles circonstances, imaginer avoir réussi son introduction auprès de l'envoyé royal et devenir un rouage essentiel de l'horrible machine à broyer dont elle subit en cet instant même la terrifiante violence ?

Son corps n'est qu'une plaie, et la seule chose qui reste intacte dans sa mémoire fracassée, c'est Bixente. Alors elle pleure, les yeux secs. Elle pleure sur son rire qu'elle aimait tant et qu'elle n'entendra plus, sur ce baiser qu'il ne lui donnera jamais. Sur son merveilleux amour perdu. Sur sa mort atroce.

Et quand on vient la chercher, quand on ouvre la porte sur la lumière éblouissante, elle comprend qu'en lui prenant Bixente, ils lui ont pris jusqu'au bonheur de revoir le soleil.

# 31

Lina subit le contrecoup de la nuit où leurs deux corps n'ont fait qu'un : Pierre de Lancre est distant et quelque chose a changé. Pourtant, elle continue de dénoncer des coupables et multiplie les inventions pour qu'il la reçoive, mais elle parvient tout juste à l'approcher. Elle tente d'en savoir plus en interrogeant les uns et les autres, mais les gardes la fuient. Sauf un, plus bavard, qui lui raconte qu'une autre fille est écoutée par de Lancre, qui l'a passée à la question en insistant pour qu'on ne l'abîme pas trop.

– Il l'interroge toujours dans son bureau.

– Tu es sûr ?

– Certain. C'est moi qui la lui amène tous les jours. D'ailleurs aujourd'hui, elle est rentrée chez elle.

– Il l'a libérée ?

– Oui, et pourtant on lui a chauffé les pieds et on lui a tout fait. Enfin presque. Parce que celle-là il y tient, ça se voit. Faut dire qu'elle est sacrément jolie. Une noiraude, mais une belle noiraude !

Chacun de ses mots déchire le cœur de Lina. Le pincement

affreux de la jalousie s'insinue dans son cœur. Effrayée, déterminée à ne pas tomber amoureuse d'un homme qui ne la regarde déjà plus, elle lutte pour ne pas souffrir. Pourtant elle sait en son for intérieur qu'elle est déjà vaincue. L'angoisse la ronge.

– Une noiraude, dit-elle d'un ton sec, mais une noiraude comment ? Une de chez nous ou… une autre ?

Le garde veut bien lâcher quelques informations par-ci par-là, mais il n'est pas prêt à fournir un compte rendu complet.

– J'en sais rien, moi. Il ne te fait plus de confidences ou quoi ? C'est vrai qu'on te voit moins ces derniers temps.

Piquée au vif, Lina le repousse.

– T'occupe pas des lits dans lesquels je me couche, réplique-t-elle d'un ton sec, tu pourrais être surpris.

– Te fâche pas, je dis juste qu'il ne choisit pas les plus vilaines. Mais je suis sûr que toi seule tu as su le prendre. Tu es la meilleure, on connaît tes talents.

Sensible au compliment mais pas dupe, Lina ronronne juste ce qu'il faut et en profite pour tenter d'en savoir un peu plus.

– D'accord. Mais viens chez moi, il y a un bon lit. On pourra y faire un saut.

Elle se retient de l'insulter, humiliée de devoir se plier à ses tripotages juste pour lui extorquer des informations. Lina ne comprend pas pourquoi elle est tombée si bas, si vite. La veille encore, elle avait accès au seigneur des lieux. Les questions tournent et retournent dans sa tête. Elle est convaincue que le sexe n'est pas l'affaire de Pierre de Lancre et que la fougue avec laquelle il l'a prise était une exception. Sauf si elle parvient à fissurer son armure une nouvelle fois. Elle repense à ses obsessions quand elle dévoile les détails de sabbats imaginaires, aux séances d'interrogatoire auxquelles elle assiste à ses côtés. Obsédé par les sorcières, il fait entièrement déshabiller ses victimes, et sous prétexte de trouver la marque du diable, il les oblige à exhiber longuement leur intimité. Bien au-delà du nécessaire. Il leur tourne autour accompagné de personnes diverses censées justifier la séance, et les fait piquer aux endroits les plus sensibles, dirigeant lui-même la main du bourreau. Lina en a souvent eu la nausée, mais pour lui elle est prête à tout. Il a des problèmes avec le sexe, et alors ! Il est riche, c'est un homme de la meilleure société, et pour elle il est bien plus que ça. Depuis qu'elle l'a tenu entre ses bras et qu'il s'est laissé faire, un sentiment nouveau l'a gagnée. Il l'émeut. Elle est convaincue d'être la seule à pouvoir le débarrasser de ses peurs, elle veut le convertir à l'amour. La nuit, elle s'imagine en maîtresse officielle à Bordeaux, habillée et coiffée comme une dame, dans l'un de ces magnifiques hôtels particuliers dont elle a entendu parler, invitée à la table des puissants, où scintillent des chandeliers en argent et où sont servis mets et vins raffinés. Pas de la vinasse comme dans les bouges du port. Le jour où Andrès lui a dit froidement après l'amour qu'il ne se passerait rien de plus entre eux, elle a compris qu'elle resterait toujours la « traînée » du port. Elle avait fait le deuil de l'amour qu'elle n'avait jamais connu, Pierre de Lancre lui a redonné l'espoir, il est l'occasion inespérée d'en finir avec son destin sordide. Il l'a touchée au cœur. Il a vibré entre ses bras et elle est sûre d'avoir vu un court instant son regard bleu vaciller de douceur, de pureté, comme un ciel de printemps. Il mérite d'être aimé et il l'aimera à son tour. Elle ne le lâchera pas. Mais avant, elle doit savoir qui est cette noiraude, et s'en débarrasser.

# 32

En plein cœur de ce mois d'août 1609, les grandes chaleurs ont été particulièrement cruelles pour les paysans, alors qu'Aimée les supportait confortablement dans la fraîcheur de son château. L'automne venant, la vieille dame a le plaisir d'ouvrir largement ses fenêtres pour profiter de la vue sur le parc et réchauffer les grandes pièces avant que n'arrive l'hiver.

Depuis la visite de Jean d'Espaignet, son horizon s'est enfin éclairci. Tout va bien mieux qu'avant. Pendant des années, elle s'est rongée d'inquiétude, craignant chaque seconde que son activité ne soit découverte. Or depuis qu'elle a été démasquée, il ne se passe rien. Un miracle ! Comme si rien n'avait eu lieu. C'est inespéré. Les liens familiaux ont été fort utiles. Elle frémit en pensant à ce qu'elle aurait pu encourir sans ce réseau de pouvoir et d'argent. En tant qu'espionne particulièrement active, elle devrait croupir dans l'ombre humide d'un cachot. Elle aspire une bouffée d'air frais en contemplant la beauté de ses jardins.

De son point de vue, Aimée n'a trahi personne, elle a juste été fidèle à sa religion. D'ailleurs, Dieu l'a comprise et l'a protégée. Un acte de traîtrise selon d'Espaignet ? Non, elle se définit comme une victime bénie de Dieu, et estime qu'après toutes ces années d'inquiétude, elle mérite un peu de paix. Mais la nuit, des visions macabres surgissent sans qu'elle s'y attende et épuisent son cœur. Elle se voit pendue, écartelée, souffrant mille morts. Elle a beau les chasser, ces images terribles reviennent la hanter.

Soudain, elle se raidit. Un sifflement parvient à ses oreilles. Le signal de son passeur quand il avait un message à lui transmettre. Que fait-il là ? Elle a écrit à l'Espia Mayor pour le prévenir qu'elle était démasquée, et avec son accord elle a cessé toute activité. Le sifflement reprend, insistant. Contrariée, elle prend son panier d'osier dans l'entrée et se dirige vers les jardins à l'arrière du château. Son passeur est là, caché à l'ombre des arbres, derrière la grande serre. Le lieu habituel de leurs rendez-vous.

– Que faites-vous ici ? lui demande-t-elle tout essoufflée de s'être hâtée. On ne doit plus se voir. C'est dangereux. Je suis peut-être encore surveillée.

– Je devais passer la frontière dans la nuit, mais je viens sur ordre de qui vous savez. Il reste en ville un homme qui peut poser des problèmes.

– Qui ça ? sursaute-t-elle.

– Justinien.

– L'aide de d'Espaignet ?

– Oui.

– Mais… je le croyais reparti avec lui à Bordeaux.

– Il est resté et pose beaucoup de questions sur une

certaine Graciane. Sans doute un nom de code. Ils veulent qu'on règle le problème avant que je quitte la France.

Aimée tombe des nues.

– Mais… je suis démasquée, je ne peux plus m'occuper de rien.

– C'est ce qu'on croyait. Mais ça a changé.

– Je ne vois pas pourquoi, s'énerve-t-elle. Je vous le répète et vous le direz à l'Espia Mayor, je ne suis plus liée par aucune obligation. J'ai servi Dieu et la catholique Espagne pendant de nombreuses années. J'ai maintenant l'âge de me reposer.

– C'est vous qui voyez. Justinien est le seul à savoir qui vous êtes et peut parler à tout moment. D'Espaignet est inconscient de l'avoir laissé ici, à moins qu'il ne l'ait fait volontairement. En tout cas la première qui paiera, c'est vous. Moi, je serai loin. Et au vu des méthodes des juges français, je ne donne pas cher de votre avenir.

Aimée s'est donc réjouie trop vite. Pourquoi Justinien n'est-il pas retourné à Bordeaux ? Que cherche-t-il ? Il n'a de lien d'aucune sorte avec sa famille. Donc aucune raison de la ménager. Et si ses confidences tombent dans de mauvaises oreilles, c'en sera fini. Mieux vaut résoudre le problème au plus vite. Le nouvel agent que Juan Velázquez a choisi pour succéder à Aimée a été particulièrement réactif. C'est lui qui a signalé la présence de Justinien. Mais elle ne sait pas qui il est. L'Espia Mayor recrute des *desconhecidos*, des personnes insoupçonnables. C'était d'ailleurs le cas d'Aimée : qui se serait méfié d'une vieille aristocrate de province passionnée de botanique ? Aucun des hommes éminents avec lesquels elle a eu des conversations sur des sujets sensibles n'a rechigné à répondre à sa curiosité et à lui fournir des éléments précieux, que personne d'autre n'aurait pu obtenir aussi innocemment. Elle se souvient d'un capitaine qui, pour faire un jeu de mots, lui a révélé à l'oreille le nom de code d'une opération militaire tout en mettant son index sur sa bouche. « Bouche cousue », lui a-t-elle répondu sur le même ton enjoué. Transmis le soir même, le nom de code a passé la frontière et rendu de précieux services à l'Espia Mayor. Le militaire en question ne l'a jamais soupçonnée et a continué à lui faire des confidences sans même s'en rendre compte. Parfois, elle en était désolée pour lui, et pour la France. Mais Dieu passe avant tout, et surtout avant Jeanne d'Albret, qui n'avait pas hésité à faire publier le catéchisme de Calvin en béarnais et à faire traduire en basque par un certain Jean de Liçarrague le Nouveau Testament. Férus d'idées nouvelles, des intellectuels se laissent séduire, ce qui exaspère Aimée. Son pays est catholique et doit le rester. En devenant l'agent des rois catholiques espagnols, elle estime avoir fait son devoir.

– Je sais comment nous débarrasser de ce jeune homme, dit-elle au passeur.

L'homme esquisse un rictus.

– Je le pousse du haut de la corniche et il s'écrase sur les rochers. C'est ce que vous voulez ?

– Surtout pas, soyons plus discrets. On va le faire accuser de sorcellerie. Ce sont les siens qui s'occuperont de le condamner. Ainsi il sera définitivement hors d'état de nuire.

Le passeur n'en revient pas.

– Jamais ils n'accuseront l'un des leurs.

– Sauf s'ils ont la preuve que c'est vrai. Et cette preuve, vous allez la leur fournir.

Le passeur ne peut retenir une grimace. Cette vieille femme est démoniaque. Mettre un innocent sur le bûcher ou l'échafaud ? Elle ne cille pas.

– Je ne vois pas ce qui vous pose problème. Il nous a dénoncés sans état d'âme. Nous lui rendons la pareille, c'est tout.

Pour elle ce n'est que justice. Que Justinien n'ait fabriqué aucune accusation d'espionnage alors qu'elle construit de toutes pièces une accusation de sorcellerie ne lui vient même pas à l'esprit. Moins cynique, le passeur se tait. Il a de l'estime pour les hommes de terrain mal payés qui bravent le froid, la nuit, et n'hésitent pas à passer des heures dans des endroits sordides où cette femme n'a jamais eu à poser les pieds. Justinien va payer le prix fort tandis que cette vieille finira ses jours tranquillement. Ça donne envie au passeur de lui tordre le cou, là, tout de suite, au pied de ses fleurs et de son château. Mais il doit sauver sa peau et régler le problème. Après un court instant d'hésitation, il finit par acquiescer.

# 33

Le soleil inonde le bureau par les fenêtres grandes ouvertes, le fleuve en contrebas roule vers l'océan, et au loin, les voiles des barques de pêcheur claquent dans la lumière. L'automne resplendit, mais Pierre de Lancre ne le voit pas. Il est perturbé. Murgui lui donne plus de satisfactions qu'il n'aurait osé l'espérer. Elle a avoué ses crimes de sorcière et s'est repentie avec force prières. Elle est d'une docilité sans faille et il est impressionné par sa capacité d'adaptation. En l'arrachant aux griffes du diable, il a emporté une victoire, dont il tire une réelle fierté. Fasciné, il l'observe lors des interrogatoires enfoncer d'un coup sec les aiguilles dans le corps des suspects sans que jamais elle détourne le regard. Même Lina et le bourreau ont parfois montré quelques faiblesses devant un enfant ou une jeune fille fragile. Murgui jamais. C'est une recrue efficace qui exécute ses ordres sans chercher à le séduire. Ce n'est pas comme cette Lina, cette femelle qui l'a piégé. Le jour où il a cédé à ses provocations, il a commis une faute d'une extrême gravité. Il s'en est immédiatement repenti en suppliant le Seigneur de lui pardonner.

Heureusement Lina a pour un temps disparu. Ensuite, il a pris soin de l'éviter. Cette fille lui fait horreur, non seulement elle est vulgaire, mais elle a réveillé en lui quelque chose qui jusqu'alors n'avait jamais vibré, et il en est d'autant plus mortifié que son plaisir a été d'une intensité inoubliable. Il est obsédé par la tentation d'aller toutes les nuits la retrouver. Il ne cesse de se flageller, mais rien n'y fait. C'est une envie furieuse, et plus il la combat, plus elle le poursuit.

À ses traits tirés et à son air constamment préoccupé, Murgui devine que quelque chose le ronge, mais elle s'en moque. Elle n'a qu'une obsession : sa vengeance. L'assouvir lui donne la force de survivre, de ne rien ressentir et de pouvoir torturer les chairs d'inconnus de ses aiguilles mortelles. Elle a remplacé Lina auprès de Pierre de Lancre plus facilement que prévu, mais son instinct lui dit qu'il ne faut pas s'y tromper. La dangerosité de l'homme est d'autant plus grande qu'il attend d'elle qu'elle lui livre Amalia. Pour lui, les guérisseuses sont les pires des sorcières. Amalia tient tout le pays avec ses onguents et potions diaboliques, elle sera son ultime trophée. La passer au bûcher anéantirait tous les sortilèges. C'est ce qu'il lui a dit un matin où il était en veine de confidences. Alors seulement le pays serait enfin et définitivement purifié.

De Lancre se demande à quoi peut bien penser Murgui et la fixe avec insistance. Elle le regarde froidement. Il peut toujours attendre, Amalia est dans son périmètre sacré. Jamais elle ne la lui donnera.

# 34

Le passeur s'est empressé d'oublier les conseils d'Aimée, qui l'a abreuvé d'idées plus stupides les unes que les autres pour faire condamner Justinien. Il a ses propres méthodes et ne s'encombre pas de celles d'une femme qui a toujours fait faire le sale boulot par d'autres.

Les palefreniers de l'envoyé royal achètent leur poisson à un pêcheur qui va le leur livrer deux fois par semaine. Il se propose de faire la livraison à sa place. Il a déjà utilisé ce moyen à plusieurs reprises pour enquêter là-bas. Il connaît les lieux, les box des chevaux, et a sympathisé avec les garçons d'écurie.

En l'apercevant, Ignace lui donne une franche accolade.

– Salut l'ami ! Il y a un moment qu'on ne t'avait pas vu. Qu'est-ce que tu nous portes aujourd'hui ?

L'arrivée du poisson déclenche toujours une fébrilité dans l'écurie. Tous viennent voir le contenu de la bourriche et chacun a son idée pour cuire, mijoter ou griller la bête. Le passeur en profite pour glisser un grimoire et un crapaud séché dans la besace de Justinien, qui pend au mur. Pour un espion de terrain aussi aguerri que lui, impossible de la confondre avec une autre. Question de métier : un pli du cuir, la couleur fanée à un endroit précis, une déchirure. Il ne lui reste plus qu'à lancer la rumeur.

Les troquets du port, les filles dans les ruelles mal famées, le soir même elle arrive aux oreilles de Lina.

– Justinien fait dans la sorcellerie ! Ça alors ! Je comprends mieux pourquoi je suis devenue indésirable au quartier général. Il m'a jeté un sort quand il m'a trouvée au bureau, siffle-t-elle entre ses dents, c'est à cause de lui que je ne peux plus voir le juge.

– De quoi tu parles ?

Mais Lina est déjà loin, et l'homme avec lequel elle prenait un verre se lève en grommelant d'une voix pâteuse. C'est un poivrot avec lequel elle traîne depuis sa disgrâce. Il connaît tous les potins du port, et ces derniers temps elle ne peut plus faire la difficile. C'est par lui qu'elle a appris que Murgui rôde chez Pierre de Lancre. Comment a-t-il pu la remplacer par cette maigrichonne ? Lina connaît ses goûts, elle n'y croit pas. En revanche, la rumeur sur Justinien ne lui laisse aucun doute. Sa mise à l'écart vient de lui, il ne l'aime pas et elle le sait. Elle flaire l'occasion. Il est fort probable que la rumeur ne soit pas encore parvenue aux oreilles de De Lancre. Lina sera la première à lui en parler, et il jugera alors combien elle lui est encore utile.

Arrivée au quartier général, essoufflée d'avoir couru, elle entraîne son garde habituel sous l'escalier et profite de son excitation pour lui filer entre les doigts. Elle gravit l'escalier sous ses yeux ébahis. Échevelée, elle entre sans frapper dans le bureau de Pierre de Lancre. Surpris, celui-ci lève la tête.

– Un de vos hommes est un sorcier ! lui annonce-t-elle.

Il la regarde bouche bée. De quoi parle-t-elle ? De qui ? Le ton ferme de Lina masque son inquiétude. Elle est consciente du risque qu'elle prend en lançant une pareille accusation. Que va-t-il dire ? Comment va-t-il réagir ? S'il se lève pour refermer la porte, c'est gagné, se dit-elle. Cela signifiera qu'il veut en savoir davantage. Mais Pierre de Lancre semble pétrifié par ce qu'il vient d'entendre.

Dans son esprit, la révélation fait pourtant son chemin. Il réfléchit. Un sorcier dans son environnement proche expliquerait sa nuit avec Lina : envoûté, il n'a pas pu résister comme il avait toujours réussi à le faire.

Il va fermer la porte et Lina se détend. Enfin, elle est seule avec lui, comme avant. D'une voix pleine de compassion, elle prétend que tous sur le port ne parlent que de ça, qu'elle a hésité à venir le déranger, mais que les informations sont très précises…

– Assez ! Son nom ! exige-t-il en tapant du poing sur le bureau.

Elle sursaute, dégrisée. Elle attendait un signe de complicité, même dérisoire, mais Pierre de Lancre est plus glacial que jamais.

– Réponds-moi !

Il ordonne, et dans son regard froid elle voit qu'elle n'est plus pour lui une femme désirable. Elle n'est qu'une repentie venue vendre son âme.

– C'est Justinien.

À peine ce prénom prononcé, elle le voit se décomposer et s'empresse de préciser qu'il y a des preuves à l'écurie, dans sa besace. Mais tout en parlant, elle prend peur. Elle s'est précipitée sans vérifier si la rumeur disait vrai. S'il n'y a rien dans la besace de Justinien, Pierre de Lancre l'enverra rôtir en enfer sans la moindre hésitation. Peut-être même avec plaisir.

Tremblante, elle le suit aux écuries. Son soulagement est immédiat lorsqu'ils trouvent un crapaud sec baignant dans une fiole et un grimoire couvert de croix, de sang séché et de signes cabalistiques. Pas une seconde de Lancre ne songe que la prise est trop belle, trop facile pour être réelle. La machine à éradiquer le diable est en œuvre dans son cerveau, il a perdu toute lucidité. Mais cette découverte lui fait un mal de chien. Justinien est à part, il échappe à la norme. Il y a en lui quelque chose qui ressemble à de l'espoir. Justinien est loyal. Quoi qu'en pense son ami d'Espaignet, Pierre de Lancre n'en a jamais douté. Peu d'êtres touchent encore son cœur, mais Justinien éveille en lui un élan de fraternité sincère. Sonné, de Lancre congédie Lina, emporte les preuves et donne l'ordre d'arrêter Justinien, puis il va s'enfermer dans son bureau. Défaite, Lina renonce à le suivre. À chaque dénonciation, de Lancre a toujours eu un mot pour la remercier de son efficacité. Pas cette fois. Confusément, elle comprend qu'elle vient d'anéantir la moindre chance de pouvoir se rapprocher de lui. Elle n'aurait jamais dû être celle qui lui livre Justinien.

Dans son bureau, l'envoyé royal regarde les eaux du fleuve s'étirer sans fin. Il songe à son enfance dans la maison de Saint-Macaire. La ligne bleue de l'horizon se perd, incertaine. Un léger vertige le prend, et il ressent une sourde douleur dans la poitrine. Où sont les promesses de bonheur et de fidélité ? Les hommes qui l'ont entouré les ont toutes trahies. Il se souvient, il n'avait pas vingt ans.

Dans son collège, les professeurs parlaient de Renaissance, d'humanisme. Une nouvelle philosophie sortait l'homme de l'ombre du passé et de ses errements. Enthousiastes, les professeurs voyaient en elle la promesse d'un avenir radieux. Et puis un matin, le rêve avait pris fin dans un bain de sang dont le souvenir hante encore ses cauchemars. C'était un 3 octobre de l'année 1572. Ce jour-là, la Saint-Barthélemy de Bordeaux avait arraché les viscères de près de trois cents protestants. On les avait enterrés vifs, on les avait flambés et on leur avait mis aux pieds des fers brûlants comme on fait aux chevaux. L'odeur de chair carbonisée n'a jamais quitté la mémoire olfactive du jeune collégien qui courait dans les rues pour échapper au chaos. Pas une rue, pas une place où il n'y avait un torturé hurlant. Dans une ruelle, Pierre de Lancre s'était retrouvé nez à nez avec trois hommes qui venaient de trancher la gorge d'un autre. L'un des tueurs était un élu municipal, un homme de bonne réputation, un serviteur de Dieu. Sa victime ouvrait encore la bouche pour happer une dernière bouffée d'air, et à chaque effort, le sang giclait de sa gorge par à-coups.

« Toi, lui avait dit l'élu municipal, tu es le fils d'Étienne de Lancre, un grand catholique. » Puis désignant l'homme à terre de son couteau ensanglanté, il avait ajouté comme pour se dédouaner : « Tu vois, celui-là n'était pas un bon catholique. Il ne méritait pas la vie que Dieu lui a donnée. »

Pierre avait vu l'homme agoniser à ses pieds. Un dernier jet de sang, puis plus rien. Il était rentré chez lui en tremblant, et avait gardé cette effroyable scène pour lui. Jamais il n'en avait parlé à quiconque. Mais le regard du moribond l'a poursuivi longtemps. Un regard rempli d'effroi. Deux années après, à la sortie d'une messe en l'église Saint-André, Pierre était tombé sur l'élu municipal, qui s'était approché de lui, hésitant.

« Ce mécréant, vous vous souvenez... » Pierre n'avait pas compris tout de suite de qui il parlait. « Je le connaissais, avait repris l'élu d'une drôle de voix, et je l'aimais bien... mais il était hérétique et n'a pas voulu en démordre. Je l'ai imploré, jusqu'au dernier moment. Ce que j'ai fait, je l'ai fait au nom de Dieu. Pour le bien de nos enfants. Pour qu'ils aient un bel avenir... sous la protection de Notre-Seigneur. Notre justice ne doit pas faiblir, même face à un ami. Sinon le diable s'empare de nos âmes. » Il parlait mécaniquement.

Il s'éloignait quand Pierre, qui avait enfin compris de qui il parlait, l'avait rattrapé. « Qui était cet homme ? Vous avez dit que vous le connaissiez bien... »

« C'était M. Lacoste, le confiseur de la rue Saint-André. »

Le cœur du jeune Pierre avait éclaté dans sa poitrine. Il venait de comprendre l'intensité du regard qui le poursuivait encore. C'était celui du petit homme rond qui, avec sa femme, fabriquait de délicieux bonbons de couleur qu'il vendait aux collégiens dans sa boutique à la sortie des cours. Des bonbons au goût de cédrat et d'orange dont l'odeur embaumait. Une fois par semaine, le dimanche, M. Lacoste cuisinait aussi de gros gâteaux fondants avec des raisins de Corinthe et de Malaga, que sa mère achetait. Ce jour-là, Pierre avait compris que ce regard désespéré qu'il n'avait pas reconnu, c'était à lui qu'il s'adressait.

L'élu municipal s'était suicidé un matin, personne dans son entourage n'avait compris les raisons de ce geste. Aujourd'hui, Pierre de Lancre a la réponse. Il n'a pas le droit d'épargner Justinien, il doit l'envoyer au bûcher. Mais il sait aussi qu'il ne s'en remettra jamais.

# 35

Murgui croise Lina devant les écuries.

– Qu'est-ce que tu viens encore faire ici ? l'apostrophe Murgui. On n'a plus besoin de toi. Dégage !

Elle lui jette un regard si haineux que Lina, déstabilisée, obtempère sans un mot. Murgui est surprise. Lina n'est pas le genre de fille à se laisser diriger. Il s'est passé quelque chose.

– C'est toi qui as dénoncé Justinien ?

Une voix d'homme. Agressive. Murgui se retourne.

– Le crapaud, le grimoire, qui les a mis ? insiste Ignace hors de lui. Tu dois le savoir. Il paraît que tu sais tout. Dis-moi. C'est toi ?

Murgui ne comprend pas de quoi il parle. Elle lui jette à la figure tous les noms d'oiseaux qu'elle connaît. À vif, meurtri, Ignace est pris d'un coup de sang. De tous les cavaliers de la mission, Justinien est son préféré, il est attentif à son cheval et en prend soin, un signe qui pour le palefrenier en dit long sur sa valeur humaine. À l'inverse de Murgui et de Lina qui appartiennent à ses yeux à la pire catégorie qui soit, celle des délateurs, des traîtres. En les voyant ensemble, il pense qu'elles se sont liguées pour faire condamner le jeune homme et, ulcéré, gifle violemment Murgui, qui tombe au sol. Ignace n'a peur ni des sorcières ni du démon, encore moins des furies vociférantes. Et il voit le mal là où il est, dans le cœur des hommes.

La gifle a été si forte que le visage de Murgui a viré au rouge, au bleu, puis au violet, contusionné. Elle est rentrée chez elle, sonnée. Amalia qu'on a fait venir la regarde, stupéfaite.

– Je me demande qui t'a fait ça. Il faut une grande colère pour mettre quelqu'un dans cet état. Qu'as-tu fait, Murgui ? Que fabriques-tu avec ces hommes ? Pourquoi vas-tu là-bas ?

La vieille femme refuse de croire la rumeur sur les horreurs auxquelles Murgui se livrerait. Meurtrie, elle a plusieurs fois cherché à savoir, mais Murgui n'est jamais chez elle, et ses parents restent prostrés. On les craint à cause des fréquentations de leur fille, et eux redoutent les autres. Trois mois infernaux ont changé le pays tout entier et fracturé la solidité des liens qui soudaient les familles. La caravane de Pierre de Lancre laisse derrière elle un champ de ruine. Chacun cherche à sauver sa peau. Les rues sont désertes, et l'automne arrivant, une terreur est tombée sur tout le pays, l'enfermant dans sa nuit comme une chape de plomb. Les dégâts sont irréversibles. Imaginer que Murgui puisse être complice de ce drame est inimaginable pour Amalia. Comment l'adolescente pourrait-elle faire le mal ? Amalia a toujours connu Lina vénale et corrompue, mais Murgui est une solitaire, une jeune fille loyale qui ne supporte pas l'injustice. Le mal n'est pas dans son cœur.

– Réponds, Murgui, qui t'a fait ça ? On raconte de mauvaises choses à ton sujet. De très mauvaises choses. Pourquoi fréquentes-tu ce juge ? À quoi t'emploie-t-il ? Dis-moi !

Sa voix s'est brisée. Amalia voudrait que Murgui parle, réagisse, mais la gamine reste impassible, silencieuse. Elle ne sait comment expliquer qu'il est trop tard, qu'elle a vécu ce dont on ne revient jamais, qu'elle a vu les ténèbres, le monde des humains pourrir de l'intérieur. Elle est si jeune et pourtant sa vie est déjà terminée. Elle voudrait qu'Amalia le devine, et lui en veut de son émotion. À quoi bon les larmes ? Amalia croit connaître l'existence des autres parce qu'elle entre dans leurs maisons, qu'elle est témoin de leurs difficultés, de leurs angoisses. Mais Murgui sait qu'ils lui cachent toujours le pire. Amalia ne vit pas à la merci des agressions dans un monde qui pue le vin et la crasse, dans les sombres ruelles des ports où des filles encore enfants accouchent jusque dans le ruisseau. Où ces mêmes enfants vendront sans regret père et mère aux bourreaux, ou leurs propres amis pour éviter la mort. Cette réalité, Amalia y échappe, son univers est fait de plantes qui guérissent les blessures et apaisent les souffrances de l'âme. Voilà pourquoi Murgui refuse de vomir ses horreurs à ses pieds, de lui avouer qu'elle a dénoncé des innocents, inventé des crimes de toutes pièces, détruit des familles, percé des chairs à vif. Elle n'a pas vingt ans et le bonheur lui est à jamais interdit.

Amalia la voit se recroqueviller. Elle ne la reconnaît pas. C'est une autre Murgui, vieillie, rongée de l'intérieur.

– Je sais que tu m'entends. Murgui, écoute-moi. Tu crois Bixente parti à jamais alors qu'il est tout près de toi. Il t'attend. Le vent a emporté ses cendres, il est devenu terre. Au printemps prochain, il sera la sève des arbres, des graminées et des fleurs. Quand les hautes herbes pousseront, touche-les, il sentira ta caresse et il sera heureux puisque tu le seras. N'oublie pas de l'aimer encore, Murgui. N'oublie pas la vie.

L'adolescente esquisse un signe imperceptible et Amalia repartira sans avoir entendu le son de sa voix. À travers les champs et les bois, sur les chemins qui la ramènent chez elle, elle avance comme dans un mauvais rêve. Sa fillette d'adoption, sa jolie et joyeuse Gitane a été détruite par la folie d'un juge que tous admirent pour son immense culture, sa parfaite éducation et sa lignée prestigieuse. L'engrenage mortel a pris tout le monde de court. Amalia connaît la qualité de son peuple. Déterminé et vaillant, il s'est pourtant laissé emporter dans un bain de sang. Cette réalité lui donne des haut-le-cœur. Personne ne s'est levé pour s'opposer au carnage, personne n'a cherché à enrayer cette folie. Car personne ne pouvait imaginer que des mensonges, qui ne duperaient pas le plus grand des idiots, gangrèneraient des milliers de cerveaux. S'il était seul dans son délire, Pierre de Lancre serait impuissant.

– Tu es restée naïve, Amalia, lui dit Paskoal.

Il est assis près de la cheminée, Tchakur roulé en boule à ses pieds. Graciane dort. Des larmes plein le cœur, Amalia lui raconte sa visite à Murgui. Il l'écoute sans l'interrompre, en ajustant les bûches dans l'âtre.

– Tu as toujours été plus forte que moi, tu as toujours su ce qu'il fallait faire. Dans nos moments les plus passionnés, quand on songeait à s'enfuir pour vivre loin de la vie que nos parents avaient décidée à notre place, tu es restée ferme. Tu m'as ramené à la raison. Tu parlais avec justesse. À cette époque-là je t'admirais pour ce courage, ce respect des anciens…

Amalia recueille attentivement cette confidence d'un homme peu bavard, qui pour la première fois parle de lui et d'elle.

– Aujourd'hui, je regrette de t'avoir écoutée. J'aurais dû t'enlever et partir. J'aurais dû être plus naïf, plus jeune, plus fou…

Le feu crépite et les enveloppe de sa musique lancinante.

– Mais je n'étais qu'un jeune homme comme les autres. Faible ou raisonnable, va savoir. Lâche aussi sans doute. Rester chez moi, ne prendre aucun risque, quitte à rêver ma vie plutôt que de la vivre, c'était plus simple. Il suffisait de ne rien faire.

Émue, Amalia reste suspendue à ses lèvres. Il ne lui a jamais dit des mots pareils, et à l'époque elle a fait ce qu'il attendait d'elle. Du moins ce qu'elle croyait. Pourtant elle aussi aurait aimé qu'il l'emporte ailleurs. Il ne l'a pas fait et ils ont vécu comme les anciens et les autres avant eux. Ils s'en sont arrangés comme on s'arrange de sa vie à un moment ou à un autre. Mais aujourd'hui, ce dont ils se sont toujours accommodés sans apparente souffrance, en trouvant même dans cette continuité de générations une véritable paix, remonte d'une longue nuit et les submerge.

Ils ont perdu les seuls êtres qu'ils ont aimés comme on aime des enfants, et près de ce feu de bois qui les a toujours réchauffés et bercés de sa douce musique, ils ont froid comme jamais.

# 36

La tempête s'est levée. Elle a pris tous les marins de court à quelques jours à peine de l'arrivée au port de Saint-Jean-de-Luz.

Jusque-là le voyage s'était déroulé sans difficulté, mis à part quelques avaries vite réparées. Ils rentrent porter secours à leurs familles, et l'atmosphère générale est grave. Un très vieil inconscient collectif les rapproche de ces ancêtres protecteurs qui chassaient les ours et les loups afin qu'ils ne puissent s'attaquer aux femmes et aux enfants. Ces marins auraient dû être les gardiens, les piliers de leurs maisons, mais en partant pour l'autre bout du monde depuis des années, ils ont vu leurs femmes se débrouiller toutes seules. Ils n'en avaient jamais vraiment pris conscience. Maintenant, l'appréhension se mêle à la hâte d'arriver, car pour eux l'homme est le pire des loups. À combien d'hommes vont-ils avoir affaire en débarquant ? À qui, à des soldats aguerris ou à de simples gardes ? Plus solidaires et plus forts qu'ils ne l'ont jamais été, armés de leurs simples poings, les marins sont prêts au combat. Ils se sentent indestructibles et leur courage est immense. Ils arracheront leurs femmes aux griffes de ce dément.

Peyo entonne un chant du pays de sa voix de stentor. Tous l'accompagnent en chœur.

*Txoriñoak kaiolan*
*tristerik du kantatzen.*
*Duelarik han zer jan, zer edan, kanpua du desiratzen.*
*Zeren, zeren, libertatea zoinen eder den.*
*Jaunac digula gracia*
*Salboric Jende gucia*
*arribatceco biciric.*

« Que Dieu nous donne la grâce, le salut, pour tous arriver en vie. »

– Dieu nous garde, dit Andrès.

Le temps d'adresser une prière au ciel, ils se signent tous sur le front d'un revers de pouce rugueux. Dans ces moments-là, ils ne font plus qu'un.

Ils sont impatients et inquiets. Le temps est en train de changer. La houle, timide au début, se fait plus puissante et le navire gîte toujours plus violemment. Puis les premières gouttes tombent, lourdes, éparses. Quand il voit les frises d'écume blanche recouvrir entièrement la surface de l'océan, le capitaine lance l'alerte.

– C'est un ouragan ! On va le prendre de plein fouet ! Vite, chacun à son poste !

Mais la tempête se déchaîne avec une rapidité inouïe. Des

vagues de plus de vingt mètres se dressent autour des marins, le navire craque de partout, sur le point de se disloquer. Il penche dangereusement sur ses flancs, d'un côté puis de l'autre. Des paquets de mer s'écrasent sur le pont et alourdissent les voiles, menaçant à chaque fois de l'emporter vers le fond. Chacun s'arrime où il peut, à la mâture, aux cordages. Les cris se perdent dans la furie de ce chaos, les hommes n'y voient plus. Emporté comme un fétu de paille, Peyo est propulsé contre le bastingage. Assommé, il se laisse engloutir sous les litres d'eau qui se déversent sur lui.

Quand il reprend connaissance, c'est au pied d'un escalier à l'intérieur du navire. Sauvé. Par l'ouverture, il voit au-dessus de lui des silhouettes en contre-jour qui se pressent. Le vent s'est calmé, le navire a résisté. Il semble même stable : l'océan s'est apaisé. Le corps meurtri de toutes parts, Peyo surmonte la douleur et rejoint le pont. Regroupés au pied de la grand-voile, les marins entourent un corps. Andrès. Ses frères de combat expliquent à Peyo que c'est son ami qui l'a sauvé in extremis en l'attrapant par sa veste en toile.

– Et puis le mât s'est brisé en deux et s'est effondré sur lui.

Il respire encore, mais impossible d'arracher les éclisses enfoncées dans son corps sans faire un carnage. Peyo, un genou à terre, tient la tête de son ami entre ses mains. Il le supplie de ne pas mourir, lui promet qu'ils vont le soigner, qu'il sera sur pied arrivé au port. Alors qu'il est anéanti, Peyo parle avec assurance, sa voix est ferme. Les marins se taisent. Andrès leur sourit une dernière fois puis s'éteint. Peyo est fracassé. Sans un mot, il se signe et embrasse son ami. Le vent siffle dans les cordages et les voiles déchirées. Ils soulèvent son corps le plus délicatement possible, l'enferment dans un drap blanc avec une délicatesse infinie et l'enserrent de cordes nouées aussi soigneusement que s'ils enveloppaient une madone. Au moment de rendre Andrès à la mer, le capitaine prononce quelques mots simples pour les hommes qui partent sur l'océan et meurent loin de leurs familles. Le prêtre vient bénir le corps, tous entonnent un chant tandis qu'ils font glisser Andrès le long du flanc du navire. Penchés à l'avant, accrochés au bastingage, ils voient sa sépulture rougie de sang s'enfoncer doucement et disparaître dans les flots. L'émotion les étreint.

Ils pourraient rester comme ça longtemps, abattus, épuisés, mais le capitaine donne des ordres. En haute mer on coupe court à la peine, au mal. S'attarder est fatal. Tant qu'on tient debout, on avance. C'est la seule chose à faire, et c'est ce que fait Peyo. Ce qu'ils font tous, des larmes plein le cœur.

Ils ignorent que Maialen et l'enfant d'Andrès ne sont plus de ce monde, mais s'ils le savaient, sans doute penseraient-ils que, là-haut, quelque dieu a voulu épargner à leur ami la tragique douleur d'un pareil retour.

## 37

Soulagé d'avoir retrouvé les couloirs feutrés du parlement et les bonnes tables de Bordeaux, Jean d'Espaignet converse avec un collègue magistrat, quand on lui apporte deux courriers urgents. Dans le premier, Pierre de Lancre lui apprend l'arrestation de Justinien, dans le second, Aimée lui explique le rôle qu'elle a joué dans cette arrestation. Consterné, le juge regagne son bureau au plus vite. Cette traîtresse n'a pas hésité à jouer les justicières pour se protéger, et Justinien va mourir alors qu'il est innocent. D'Espaignet mesure sa propre responsabilité. C'est lui qui a mis Justinien dans cette situation.

Bien qu'il ait le matin même envoyé un émissaire trancher la gorge du passeur dans sa barque, Jean d'Espaignet n'a, de son point de vue, jamais franchi la ligne rouge. Si pour lui un honnête homme peut sans état d'âme commanditer de tels actes contre des êtres malfaisants, la condamnation de Justinien est une ignominie. Mais il est trop tard. Le mal est fait. S'accommoder du pire est devenu une nécessité. En cette période incertaine, c'est le lot commun. Ou presque. Certains ne peuvent s'y résoudre.

Pour d'autres enfin, le sort d'autrui n'a aucune importance, puisque tout est écrit. Lina a dénoncé Justinien, et alors ? Si elle ne l'avait pas fait, le destin s'en serait chargé. La preuve, malgré tous ses efforts pour changer de vie, elle a toujours été renvoyée à sa condition. Et sa désillusion est d'autant plus douloureuse que, cette fois, elle y croyait. Mais son destin la poursuit, cet amour dont tout le monde parle, elle ne le connaîtra jamais.

Attablée à un café du port, elle vide son quatrième verre de vin sous les yeux incrédules du poivrot, qui ne l'avait jamais vue boire une seule goutte d'alcool. Elle lui raconte sa vie, elle qui ne l'a jamais racontée à personne.

– La famille, je sais pas ce que c'est. Les amis, j'en ai pas. Quant à ma mère, la garce, elle m'a vendue.

Sa bouche devient pâteuse.

– Allez, reprends un verre pour oublier, lui dit l'homme. C'est toujours les plus malins qui gagnent. Pas les plus intelligents... Ça non... Malin et intelligent, c'est pas du tout la même chose.

Lina ne l'écoute pas.

– J'avais huit ans, poursuit-elle, quand elle m'a placée à Ciboure. Dans la gueule du loup, direct. Le patron m'a violée le premier soir de mon arrivée. Il a cogné ensuite. Il tabassait sa femme aussi... Suis sûre qu'il violait sa propre fille... Celle qui s'est jetée du haut de la corniche...

Le poivrot la regarde comme s'il la voyait pour la première fois. Dans son visage bouffi, seuls ressortent ses yeux bleus globuleux et dilatés par l'effet du vin.

– Tous ici te diront que c'est le meilleur patron du coin. Pas moi… Mais si je racontais, personne me croirait.

– Moi, je te crois. Je vais leur dire. On te croira.

Le poivrot s'est levé et répète mécaniquement –*je vais leur dire, je vais leur dire*– en s'agrippant au bras de Lina. Agacée, elle essaie de se dégager.

– Ma femme aussi, elle l'a connu…

Dégrisée, Lina se lève et hurle :

– Qu'est-ce que tu racontes ? Fiche-moi la paix, poivrot de malheur !

Le patron de l'auberge fronce les sourcils.

– Tu vois, dit-il à sa femme, elles commencent par boire un coup de trop et après, c'est la dégringolade. Celle-là finira comme la vieille, dans le caniveau ! Je l'ai toujours dit.

Exaspérée, sa femme pose d'un geste sec le torchon et le verre qu'elle était en train d'essuyer, et va aider Lina qui peine à atteindre la porte. Une fois dehors, la femme lui fait la leçon.

– Qu'est-ce qui t'a pris de boire comme une soularde ? Je ne t'ai jamais jugée, Lina, mais tu es sur la mauvaise pente. Tu parles trop fort, tout le monde a entendu ce que tu as dit. Je sais ce que tu as vécu à Ciboure, et tout le monde le sait, mais personne ne t'aidera. Surtout depuis toutes les dénonciations que tu as faites. Reprends-toi !

– Qu'est-ce que tu dis… Qu'est-ce que… Tu sais…

– Je vois beaucoup de choses, et quand je ne les vois pas, je les devine. Ce patron de Ciboure chez qui tu as été placée, il a fait du mal à beaucoup de petites. Pourquoi tu ne l'as pas dénoncé comme sorcier quand tu le pouvais ? On en serait débarrassées. Maintenant personne ne t'écoutera si tu parles. Il fait travailler du monde. On dira que tu es une poivrote et on rira de toi comme on a ri des autres. Alors oublie le passé, et que je ne te prenne plus à boire ! Sinon tu vas plonger, comme la vieille Catherine. Elle aussi a connu ce que tu as vécu.

Lina voudrait dire quelque chose mais son cerveau ne répond plus. La femme coupe court.

– Allez, rentre chez toi, et attends que ça passe.

Le chemin est long et la montée est rude. Dans cette partie du pays proche de la frontière, il y a beaucoup de va-et-vient et toujours quelqu'un pour partager le voyage. Ce jour-là, Lina ne trouve pourtant personne et avance difficilement. Au bout d'un moment, elle ne reconnaît plus son environnement familier. Le chemin a disparu et les arbres flottent dans une étrange lumière verte. Ils ont des formes monstrueuses. Amputés de leurs plus grosses branches, ils semblent implorer le ciel en tendant vers lui leurs maigres rameaux tordus. Tout est vert dans cette forêt, l'air, le sol, les troncs, les branches, les pierres. Lina commence à être gagnée par la peur. Elle tente de se raisonner : c'est l'alcool qui embrume mon cerveau, se dit-elle. Mais plus elle essaie de retrouver son chemin, plus elle s'enfonce dans ce magma verdâtre. Tout flotte autour d'elle. Est-ce le diable qui l'a amenée ici ? Ou ses victimes pour se venger ? Lina croit sa dernière heure arrivée, elle tombe à genoux et supplie le diable, les bras levés.

– Je me repends… Je mènerai le sabbat, je trouverai pour vous de nouvelles sorcières, des jeunes, des enfants.

Visage contre terre, elle psalmodie une série d'imprécations diverses, dénonçant celui qui l'a contrainte.

– Le juge de Bordeaux m'a forcée, torturée… Je me repends, épargnez-moi… C'est lui, c'est sa faute.

Réellement terrorisée, persuadée d'être prisonnière du démon, elle reste ainsi des heures à se repentir et à vomir des anathèmes. Tout y passe. Elle récite ses crimes et ses mensonges comme un chapelet de prières. Dieu et le diable se confondent dans la même fureur, jusqu'à ne plus savoir auquel elle s'adresse. Ses boyaux se tordent, elle n'a plus aucune conscience du temps ni de l'heure. Soudain un son clair, limpide. Ce n'est pas un mirage, un ruisseau serpente entre les pierres. L'eau est pure et fraîche. Lina en boit jusqu'à plus soif et s'en inonde le visage et le corps. Sale, affaiblie et affolée par la certitude d'être arrivée dans un monde proche de l'au-delà, le contact de l'eau glacée lui redonne un peu de lucidité. Peut-être suffit-il de remonter ce ruisseau pour échapper au diable et à cette forêt mortifère…

Déterminée à retrouver le monde des vivants, Lina suit le chemin de l'eau et finit par se retrouver à l'air libre, au bord d'un chemin. Elle s'effondre, à bout de forces, affamée. Deux moines qui passaient la recueillent et l'emportent dans leur monastère de San Salvador, d'austères bâtisses où règne un homme de sinistre réputation, Léon de Aranibar dit l'abbé d'Urdax.

– On l'a trouvée errant dans la forêt. C'est Lina, la sorcière de Zugarramurdi.

L'œil de l'abbé s'allume immédiatement à ce nom. Voilà donc celle qui sème la terreur du côté français ! Le moins qu'on puisse dire, pense-t-il, c'est qu'elle ne paie pas de mine. Crasseuse, échevelée, elle tient sa tête entre ses mains. Elle a une migraine épouvantable et ses yeux ne supportent plus la lumière.

– J'ai mal, je me suis perdue, le diable a essayé de m'enfermer, mais j'ai réussi à lui échapper. C'est l'eau qui m'a sauvée… C'est l'eau.

– Que faisais-tu dans cette forêt ? Qui t'envoie ?

Le ton est menaçant. Cette forêt dont Lina a parlé aux moines est une forêt de hêtres, où il y a bien longtemps, les charbonniers allaient couper les branches les plus grosses. Ils ont laissé les arbres amputés, tordus. Depuis, la mousse a tout recouvert, et le soleil reflète sa couleur acide dans les particules humides de l'air, donnant à l'ensemble un aspect verdâtre des plus fantomatiques. Les gens évitent d'y aller, ils disent que cette forêt est hantée. Personne ne s'y promène.

Lina a du mal à respirer, elle étouffe. Soudain, ses menstrues se déclenchent et coulent le long de sa jambe sur la pierre du sol.

– Quelle horreur ! s'exclame l'abbé en s'écartant avec dégoût. Mettez-moi cette sorcière au cachot et nettoyez cette chose immonde. Frottez la pierre, qu'il n'en reste plus de trace !

Puis il s'enfuit en cachant sa figure derrière un mouchoir comme si la vue de ce sang allait le contaminer telle la peste.

# 38

Le monastère que l'abbé d'Urdax dirige est un lieu stratégique. Les rois de France et d'Espagne s'en disputent la gouvernance depuis des siècles, et longtemps ses abbés ont été à la solde du roi de France. Contrairement à eux, l'abbé d'Urdax est un fidèle du roi d'Espagne. Dévoré d'ambition, il a l'obsession du pouvoir et des titres, qu'il cumule en arriviste intrigant. Il est aux Cortès[1] du royaume, est aussi abbé général des Prémontrés d'Espagne, et consécration suprême, il est commissaire officiel de l'Inquisition, titre qui lui donne tous pouvoirs sur le territoire de Zugarramurdi. Il y tient donc plus que tout car les habitants de Zugarramurdi ont des velléités d'indépendance : l'abbé craint de les voir partir en mer, ce qui provoquerait une hémorragie de sa main-d'œuvre, comme cela se passe en France. Son monastère n'aurait plus qu'à mettre la clef sous la porte.

La chasse aux sorcières avec droit de vie et de mort coupe court à ce danger. Lina lui a été précieuse sans le savoir. Ses

1. Parlements espagnols.

racontars n'auraient jamais dépassé le cadre français s'il ne s'en était emparé pour asseoir son pouvoir. Gonflant les événements, il est allé se répandre auprès des inquisiteurs du tribunal de Logroño, affirmant que de très *graves affaires de sorcellerie* provoqueraient de dangereux troubles à la frontière. Espérant tenir par la peur les éventuelles vocations maritimes, il cherchait une caution pour imiter Pierre de Lancre et pouvoir monter des bûchers comme lui. Hélas le père Etchegoin de Zugarramurdi lui a mis des bâtons dans les roues en racontant aux inquisiteurs que ces histoires de sorcières n'étaient que des rumeurs sans fondement qui s'étaient éteintes d'elles-mêmes.

C'est au moment où l'abbé d'Urdax cherche une solution que ses moines lui ramènent Lina.

Les premiers jours, du fond de son cachot elle demande Amalia cent fois par jour. Sa migraine la fait terriblement souffrir, et elle appelle dans l'espoir d'apitoyer et de convaincre ses gardes de la lui amener. En vain. Dans cet immense dédale, personne ne l'entend. Seul un moine vient lui apporter quotidiennement une écuelle de nourriture. Recroquevillée, elle passe ses journées et ses nuits dans la puanteur et l'obscurité, jusqu'à ce qu'un jour l'abbé d'Urdax apprenne qu'elle réclame sans cesse Amalia.

– Qui est cette Amalia ?

– Une guérisseuse, lui explique-t-on. Elle fait naître les enfants et guérit les maladies. Les habitants de Zugarramurdi la vénèrent, et le père Etchegoin ne jure que par elle. Il dit qu'il ne pourrait tenir sans elle tant ses douleurs le rongent.

L'abbé dresse l'oreille. Il hait le père Etchegoin, qui

festoie sans retenue avec les manants. L'idée lui vient de s'en débarrasser. Si Lina connaît la guérisseuse qui le soigne, elle fera l'affaire.

Une moniale conduit la prisonnière dans une pièce claire, la lave à grande eau et lui donne des vêtements propres.

– L'abbé t'attend.

Lina découvre le soleil en frissonnant. Elle s'est vue mourir et retrouve une vie qu'elle n'espérait plus. Tout ce qui s'est passé avant s'est effacé. Elle est vivante et c'est tout ce qui compte.

Cette disposition d'esprit arrange les affaires de l'abbé d'Urdax. Il va l'utiliser comme un pion sur le territoire français.

– Personne n'est venu te réclamer, personne ne viendra. Tu es seule. On va passer un contrat. Si tu le respectes, tu vivras, et tu pourras toujours venir te refugier ici quand les choses tourneront mal pour toi. Ce qui ne saurait tarder après tous tes agissements. Mais si tu ne fais pas ce que je te dis, je te retrouverai et tu n'y survivras pas !

Lina l'écoute avec attention. Il dit vrai. Elle n'a pas d'amis, pas d'homme prêt à retourner la terre entière pour la retrouver, et pas le moindre sou non plus. Elle ne vaut rien pour personne. Sa vie s'est construite sur du vent, et le vent, ça va, ça vient. Résignée, elle écoute l'abbé.

# 39

L'abbé d'Urdax cultive à l'extrême le goût du secret. Personne dans son entourage ne s'avise de le transgresser. Personne ne doit savoir que Lina est passée dans son monastère, personne ne le saura. Dans le monde très fermé de l'Inquisition espagnole, les lois organiques de Séville et de Valladolid imposent le silence. Tout est tu, le nom des témoins de délits, celui des délateurs et jusqu'aux délits eux-mêmes. Le prévenu ne sait même pas de quoi il est accusé. On le met à l'isolement absolu. Initiées au XVe siècle par le sinistre Tomás de Torquemada, ces lois constituent le principe fondamental de l'institution.

Mais au tribunal de Logroño, un jeune inquisiteur se méfie des secrets comme de la peste. Alexandre de Salazar incarne une nouvelle génération pour qui la chasse aux sorcières est basée sur le mensonge et l'aveuglement. Comme l'a fait savoir très officiellement avant lui l'évêque de Pampelune, il souligne le manque criant de connaissances en matière de sorcellerie et clame haut et fort que le *Malleus Maleficarum* est un ramassis d'inepties.

– Si on suit les préceptes de cet ouvrage, même vous, vous pourriez vous retrouver au cachot ! dit-il au président du tribunal. Les juges ne doivent pas perdre leur temps à juger des actes aussi invraisemblables, le diable lui-même ne s'y reconnaîtrait pas.

– Allons Alexandre, n'exagérez pas. Ce livre a des adeptes et non des moindres. De plus, l'abbé d'Urdax nous donne toutes les garanties…

– Lesquelles ? Ses assertions ? Je ne m'y fierais pas. Le prêtre de Zugarramurdi affirme lui que ce ne sont que rumeurs. On vient en outre de m'apprendre que la fille qui prétend avoir vu des sorcières à Zugarramurdi est au monastère de San Salvador. Je mettrais ma main à couper que l'abbé a quelque chose en tête.

– L'abbé ne nous pose aucun problème. On a réfuté ses accusations une première fois, il n'y reviendra pas.

– Je n'en suis pas si sûr. Côté français, Pierre de Lancre pratique une justice expéditive qui affole la population. On est submergés de réfugiés sur cette zone frontalière. Si d'Urdax s'y met, je ne donne pas cher de la paix durement acquise.

Le président du tribunal n'imagine pas un seul instant que l'abbé ait l'intention de provoquer des conflits, mais il se rend à l'évidence : il pourrait en créer malgré lui.

– Nous allons le surveiller, mais tant qu'il ne fait rien, inutile de s'inquiéter.

# 40

Lina essaie de mettre de l'ordre dans ce qui lui arrive. Depuis qu'elle a quitté le sombre monastère de San Salvador, le souvenir de l'étrange forêt la hante. Elle ne comprend pas comment elle y est entrée, et encore moins comment elle a pu se retrouver ensuite chez cet abbé. Maintenant qu'elle a accepté son marché afin d'être libérée, il la tient. Sinon il mettra sa menace à exécution et Lina n'a pas envie de mourir. Il exige qu'elle dénonce Amalia comme sorcière auprès de Pierre de Lancre. Lina ne lui a pas dit qu'elle-même n'était plus en odeur de sainteté au quartier général de l'envoyé royal. En revanche, pour le détourner de son obsession, elle a rappelé les qualités de guérisseuse d'Amalia et a tenté de l'inquiéter.

– Si on l'arrête, les gens se révolteront des deux côtés de la frontière.

Mais l'abbé l'a regardée de telle sorte qu'elle n'a pas insisté. À quoi bon ? Lina hait ces puissants qui l'utilisent pour leur sale besogne. Elle ne pense jamais à tous les êtres qu'elle a envoyés à la mort par vengeance personnelle. Le remords ne la concerne pas. Demain elle ira voir Pierre de Lancre et dénoncera Amalia.

Pour survivre, sa force est de ne jamais douter. Aimer sa propre vie plus que celle des autres a toujours été sa morale, elle s'y tient. À chaque étape de sa vie, quel que soit le prix à payer, elle s'adapte.

# 41

Dans les hautes herbes qui longent les berges de la rivière frontalière, un homme rampe silencieusement dans la nuit. Le passeur-espion est en sang. Deux hommes ont tenté de l'assassiner alors qu'il quittait le pays dans sa barque. À moitié assommé, il s'est laissé couler. Lui qui avait toujours lutté, il a accepté que le fleuve décide pour lui. Après une vie passée à se cacher, se méfier, se battre, c'est si apaisant de ne plus résister. S'abandonnant au courant, il a dérivé longtemps. Jusqu'à ce que, dans les hautes herbes des berges, son instinct de survie reprenne le dessus. Parvenu à se hisser sur la terre ferme à la force des bras, maintenant allongé sur le dos, le regard tourné vers le ciel, l'homme reprend son souffle.

Sa blessure n'est pas mortelle, il en a vu d'autres. Le ciel au-dessus de sa tête et l'aube qui monte dans une lumière d'or l'éblouissent. Le secret, l'obscurité, l'esquive permanente, voilà ce qu'a été sa vie. Là, dans cette aube matinale, il réalise qu'il n'a jamais été qu'un être rampant dans l'ombre au nom d'idéaux et de combats qui n'étaient pas les siens. Il aurait dû finir noyé, mais la mort n'a pas voulu de lui. Il est plus vivant qu'il l'a jamais été, il est libre.

Une larme glisse sur sa peau tannée par le soleil. Il ne se souvient pas avoir pleuré un jour, et ne sait si cette larme inespérée est une larme de désespoir ou de joie.

# 42

Les premiers jours, Pierre de Lancre s'est réjoui de la disparition de Lina. Puis son absence a fini par le contrarier. Il a envoyé deux hommes la chercher chez elle, en vain.

– Elle n'y est pas, et personne ne sait où elle est passée.

De Lancre ne sait plus quoi penser. Il insiste.

– Trouvez-la !

– On a cherché partout, mais personne ne l'a vue depuis un bon moment.

Furieux, il renvoie les gardes. Blessé dans son orgueil, il est conscient d'être à bout de forces. En une seule fois, cette femme a instillé en lui un poison, une drogue de plaisir dont il ne peut plus se passer. Il est obsédé par le désir de la voir revenir alors qu'elle le révulse. Heureusement, se dit-il, dans quelques jours tout sera fini, je rentre à Bordeaux. Le contrat royal est précis, quatre mois, pas un jour de plus. Il fait le compte : il reste sept jours.

La tâche a été plus rude qu'il ne l'avait imaginé, mais il est satisfait. Le résultat est largement positif. L'hécatombe de sorcières sur ce petit coin du pays de France fait foi de sa réussite. Pas un jour sans condamnations et exécutions. Le roi voulait qu'il éradique le mal, il l'a éradiqué. Enfin, presque.

– Allez me chercher Murgui.

Depuis quelque temps, elle vit en quasi-permanence au quartier général, ce que Lina n'a jamais pu obtenir. L'hiver est venu plus tôt que d'habitude, le froid et la pluie n'en finissent pas, l'atmosphère est maussade. Le changement d'humeur de De Lancre ne lui a pas échappé. Elle aussi sent venir la fin de la mission, mais l'avenir lui est indifférent. Ce qui la perturbe, c'est que l'objet de sa vengeance s'est évanoui. Lina a disparu. Au port, certains pensent qu'à force de prendre les hommes pour des idiots, l'un d'entre eux lui a réglé son sort.

– Elle doit être crevée dans un fossé. On retrouvera son cadavre mangé jusqu'à l'os.

Murgui n'y croit pas. Lina pourrait mourir de maladie, mais pas sous les coups d'un homme. Elle le tuerait de rage avant qu'il ne puisse l'achever. Le garde de la cour est du même avis.

– Cette sacrée garce sait y faire. Le Justinien qui pourrit au cachot, c'est elle qui l'a dénoncé. Comment elle pouvait savoir ce qu'il y avait dans sa besace à l'écurie, hein ? La sorcière c'est elle, mais c'est le pauvre gars qui a pris. Va savoir ce qu'il lui a fait !

Murgui ne s'intéresse pas plus au sort de ce cavalier qu'au sort de quiconque. Mais d'apprendre que Lina a été à la manœuvre pour le faire condamner lui met la puce à l'oreille.

Elle questionne les uns et les autres. En vain. Personne ne voit de lien entre Lina et Justinien. Or pour Murgui, le hasard n'existe pas. Lina est-elle amoureuse de Justinien ? Éconduite, elle se serait vengée comme elle s'est vengée d'Andrès ? Une idée traverse son cerveau. Si elle libère Justinien, Lina l'apprendra et réapparaîtra. Murgui est en pleine réflexion sur la meilleure manière de s'y prendre quand un garde vient la chercher : Pierre de Lancre souhaite la voir d'urgence. Elle le suit en traînant les pieds. L'envoyé royal l'attend, il a la détermination des grands jours. C'est mauvais signe.

– Le jour où tu es arrivée ici, tu m'as parlé d'une guérisseuse aux multiples talents. Où est-elle ? Donne-la-moi. Je la veux.

Murgui se liquéfie. Elle espérait qu'il aurait oublié ses paroles imprudentes, mais de Lancre n'oublie jamais rien.

– Cette guérisseuse ensorcelle avec ses drogues. Cette sorcière est sans aucun doute la plus dangereuse de toutes. Je la veux ! Le temps de nous en occuper est venu. Mes hommes ne l'ont pas trouvée, ils ne connaissent pas bien les recoins de ce foutu pays. Sa maison est bien cachée. Tu vas nous y conduire.

Avec Paskoal, Amalia est le dernier rempart de Murgui contre le monde des ténèbres, la seule lumière qui parvient encore à se faufiler jusqu'à son cœur. De Lancre peut la menacer de tout ce qu'il veut, elle ne la dénoncera pas.

– Je voudrais bien, dit-elle, mais je ne peux pas.

Pierre de Lancre aime les tempéraments forts, et rien ne lui déplaît autant que les indécis. Pour lui l'humanité ne s'en sortira que par la volonté de ceux qui ne se laissent ni apitoyer, ni tromper, ni corrompre. Murgui est de cette race, et dans la lutte contre le malin elle le lui a prouvé.

– La guérisseuse dont je vous ai parlé le jour de mon arrivée est morte. De vieillesse.

La fille ment et de Lancre ne comprend pas ce qui l'y pousse. Pour la première fois, il devine une faille en elle, et cela ne joue pas en sa faveur. Il la respectait pour son intransigeance, la voilà qui ment comme le premier imbécile venu. Il s'apprête à le lui dire et à déclarer que devant toute autre considération seule compte la mission, que la guérisseuse symbolise le mal et que ce symbole doit impérativement flamber en place publique, quand il est interrompu par des cris suivis d'une bousculade. Une femme a forcé le passage du garde et vocifère d'une voix aiguë qui perce les tympans.

– Lina !

Murgui a crié son nom, et Pierre de Lancre comprend que celle qui l'a tant tourmenté est revenue.

– Il faut que je vous parle, lance Lina en entrant dans le bureau d'un pas de conquérante.

Mais en y découvrant Murgui, elle s'interrompt tout net.

– Je ne dirai rien devant cette fille. Je ne veux parler qu'à vous seul. J'arrive d'Espagne.

Habile, elle a évoqué l'Espagne, et l'envoyé royal, plus déstabilisé qu'il ne le laisse paraître par cette arrivée inopinée, dit à Murgui d'aller l'attendre dans la cour. Murgui acquiesce, mais reste cachée derrière la porte. Lina déverse un flot de paroles trop rapide pour que Murgui comprenne ce qu'elle dit. Quant à la voix sourde de De Lancre, elle est presque inaudible. À cran, Murgui se demande ce qu'ils peuvent bien se raconter, quand ils cessent de parler. Elle file prestement. Peu après, de Lancre fait seller son cheval et quitte précipitamment le quartier général avec ses hommes et Lina. Murgui en déduit que l'affaire doit être urgente car il l'a complètement oubliée. Elle soupire de soulagement, pour l'heure Amalia est sauvée.

Elle en profite pour aller voir Justinien. Murgui sait qu'il n'y a de pire tourment que l'amour, et elle s'imagine la détresse de Lina qui découvrirait la disparition de celui qu'elle a préféré envoyer à la mort plutôt que de le perdre.

– Lina se rongera, jubile-t-elle. Elle n'en dormira plus, se demandera comment il a pu s'échapper, lui échapper. Elle l'imaginera dans les bras d'une autre et n'aura plus un instant de répit.

Murgui s'exalte.

– Je vais le libérer. Justinien vivra.

Elle, qui a commis tant d'horreurs, s'émeut à l'idée de rendre la vie à celui à qui on promet la mort.

Depuis qu'on l'a arrêté, Justinien n'a vu personne et ignore pourquoi il est là. En apercevant Murgui qui a réussi à se faufiler jusqu'à sa cellule, il s'agrippe aux barreaux.

– Pourquoi on m'a enfermé ? crie-t-il. Je veux voir de Lancre ! Sortez-moi de là ! Je veux le voir, je dois savoir.

– C'est vous..., murmure Murgui, stupéfaite.

Ce visage, Murgui le reconnaît. Elle ne l'a jamais oublié.

– C'est vous qui avez emporté Graciane le jour de l'orage, souffle-t-elle.

Il bondit, furieux.

– C'est donc ça ! D'Espaignet me fait porter le chapeau ! Quel lâche ! J'aurais dû m'en douter.

Dans sa précipitation, Justinien se méprend sur le sens des paroles de Murgui. Il croit être accusé par Jean d'Espaignet du sauvetage de Graciane et condamné par Pierre de Lancre pour cette raison. L'infidélité des êtres humains, leurs combines, leur lâcheté, le révulsent.

– Dis à de Lancre que j'ai emporté Graciane à la cathédrale parce que d'Espaignet me l'avait demandé et dis-lui bien que je ne regrette rien, et que si c'était à refaire je le referais.

Murgui ne l'écoute pas. Inquiète de voir surgir le garde, elle lui ordonne de se tenir prêt, lui explique qu'elle va venir le libérer, le temps de voler la clef.

Au retour du garde, elle a déjà filé. Justinien ne comprend pas. Ses pensées tourbillonnent. Il ne cesse de se remémorer la scène de son enfermement et il essaie d'y voir clair. Pierre de Lancre et d'Espaignet l'ont enfermé sans état d'âme, et cette fille qu'il jugeait comme une moins-que-rien viendrait le délivrer à ses risques et périls ? Mais pourquoi ? se demande-t-il. C'est incompréhensible.

Murgui s'est mise en quête des clefs sans attendre. Elle se moque de ce qu'il adviendra d'elle quand Justinien sera parti, elle a même oublié sa haine pour Lina. Elle veut juste libérer celui qui a sauvé Graciane, et ce sentiment est si puissant qu'il l'apaise et anéantit tous les autres.

Si Justinien avait la moindre idée de la complexité des motivations de Murgui, il serait encore plus sidéré qu'il ne l'est déjà par la nature humaine.

# 43

Quand Pierre de Lancre, ses hommes et Lina arrivent devant la maison d'Amalia, une femme s'avance.

La sorcière de l'orage !

Graciane est là, devant lui ! Il ne peut y croire. Non seulement Lina lui a livré Amalia, mais aussi celle qu'il n'espérait plus revoir puisqu'on la disait morte et enterrée. D'Espaignet affirmait que sa disparition était la volonté de Dieu. Ce n'est pas Dieu, mais cette vieille diablesse de guérisseuse qui l'a délivrée et cachée.

Et aujourd'hui, Dieu me guide vers elle, il me la rend, j'avais raison, songe-t-il.

Lina n'en revient pas.

– Graciane ! On disait qu'elle était morte.

– Mensonge ! Elle est bien vivante.

De Lancre se tourne vers ses hommes :

– Personne ne doit savoir que nous les avons retrouvées. Ni elle ni la guérisseuse. Passez-leur des vêtements d'homme et ramenez-les dans le plus grand secret.

Amalia n'oppose aucune résistance. Dès qu'elle a aperçu

Lina, elle a compris. Il n'y a plus rien à faire. Cette fois, ses plantes ne lui seront d'aucun secours.

Lina, qui a sauvé sa peau en la dénonçant, n'a pas la force de soutenir son regard. Elle a hâte que tout se termine. Mais les hommes n'en finissent pas de fouiller la maison. Ils arrachent les bouquets qui pendent du plafond, brisent les fioles d'onguents et se préparent à y mettre le feu. Jamais elle n'avait imaginé un tel massacre. Elle conjure Pierre de Lancre d'arrêter.

– Pourquoi incendier la maison puisqu'on a les sorcières ? Ces plantes et ces préparations sont un véritable trésor. Personne n'en possède de pareil, il y a là des plantes et des préparations uniques.

Il la regarde, horrifié.

– Qui es-tu pour oser demander que l'on garde ces onguents et ces plantes diaboliques ? Ce ramassis de maléfices terminera en cendres. Il ne restera rien.

Atterrée, Lina le voit s'approcher de la maison et jeter à l'intérieur un chiffon enflammé. En quelques secondes, tout s'embrase, et Amalia observe sans réaction les flammes dévorer sa vie et celle de ses ancêtres.

Devant ce qu'elle prend pour de l'indifférence, Lina ne se contient plus. Oubliant de Lancre et les soldats, elle se met à invectiver Amalia.

– Mais bats-toi, bon sang ! hurle-t-elle. Fais quelque chose ! Ne reste pas comme ça !

Méconnaissable, elle crie, gesticule, la colère déforme ses traits.

Saisi par la soudaineté et la puissance de sa rage, Pierre de

Lancre se demande comment cette hystérique a pu l'envoûter. Il remercie le ciel de lui révéler son véritable visage. Cette diablesse a bien caché son jeu, et paiera pour ça. Lina réalise brusquement ce qu'elle vient de faire et se précipite vers lui, affolée. Elle prétend avoir eu un coup de sang, la fatigue sans doute. Impassible, de Lancre lui ordonne de rentrer chez elle.

Dégrisée, Lina ne peut comprendre comment elle a pu se mettre dans un tel état, au point d'oublier où et avec qui elle était. Tout ça pour une maison. Désorientée, n'ayant nulle part où aller, elle s'est réfugiée chez une connaissance à Ciboure.

– Mieux vaut ne plus te montrer, lui conseille celle-ci. Deux personnes ont encore été arrêtées par ta faute, mais personne ne sait qui elles sont. Si tu vas au port, tu devras leur dire, et je ne donne pas cher de ta peau. Parce que sur la grand-place, le bûcher est prêt.

– Déjà ?

– Qu'est-ce que tu espérais, un miracle ? C'est qui ces nouvelles victimes ?

Lina reste muette. Si elle avoue qu'il s'agit d'Amalia et de Graciane, son hôte horrifiée la jettera dehors. C'en sera fini pour elle. Si elle veut garder une chance de s'en sortir, elle doit se préparer à repasser la frontière au plus vite et se mettre sous la protection de l'abbé d'Urdax. Le visage hagard, absente, elle fixe un point devant elle. Pendant des mois elle a dénoncé les uns et les autres, par vengeance ou pour sauver sa peau, et voilà soudain que le poids des atrocités dont elle s'est rendue complice l'empêche de respirer.

L'abbé d'Urdax s'est trompé en lui disant qu'elle était seule. Amalia, Graciane, Bixente, Maialen et son bébé, et tous les autres, Lina traîne derrière elle un cortège d'ombres qui ne la lâcheront plus.

L'hiver va bientôt arriver et le froid entre dans les maisons, mais les flammes dans l'âtre ne la réchauffent pas. Elle y voit celles de l'enfer où les filles comme elle sont condamnées à périr. Elle est terrorisée, pourtant elle ne regrette rien. Au contraire. Toute sa vie elle a lutté pour échapper à la misère, et cette lutte, c'est sa seule fierté.

– Qu'ils me jugent ! Aucun d'eux ne m'a aidée quand j'ai été violée à huit ans ! Pourtant tous savaient. Qu'auraient-ils fait s'ils avaient eu la faim au ventre, sans famille ni toit ? Je n'ai aucune raison de ne pas me montrer au port. J'y suis chez moi autant qu'eux tous.

Effrayée, son hôte tente de la dissuader.

– Tu as dénoncé trop de monde, Lina. En disparaissant, tu as réussi à te faire un peu oublier ; et par chance, ils ont retourné leur colère contre la Murgui. Je ne donne pas cher de sa peau quand le juge sera parti. Pourquoi es-tu revenue ? Pourquoi as-tu continué à dénoncer ? Qu'est-ce qu'elles t'avaient fait, ces deux victimes ?

– Rien.

– Alors pourquoi ? Tu n'en as pas assez à ton actif ?

– J'ai trop lutté pour vivre, et je n'attends aucun miracle. Mais résister, même sans espoir, c'est mériter la vie. Ces deux femmes qui vont brûler ont mérité leur sort parce qu'elles l'ont accepté sans lutter.

– Ce sont des femmes ?

Lina ne répond pas et sort. Elle refuse soudain de se cacher. Elle n'a fait qu'essayer de se faire une place en ce monde, de changer le cours de son destin. Elle n'est coupable de rien. Ce sont eux qui devraient mourir de honte de n'être jamais intervenus. Ni autrefois ni aujourd'hui. Quelle lâcheté de refuser de voir !

Elle pense à tous les rêves de richesse dont elle s'est abreuvée, et elle sait aujourd'hui que l'argent seul ne mène nulle part. Elle voulait juste connaître une fois dans sa vie ce sentiment merveilleux d'être à l'abri de la misère, du froid, de l'humidité, de l'injustice et de la cupidité des hommes. Mais richesse et pouvoir ne sont rien. Elle l'a compris en entrant un jour chez Amalia. Sa maison en torchis était des plus modestes, elle ne possédait presque rien. Trois chaises et une table, des plantes en train de sécher, suspendues au plafond et qui embaumaient, et un feu dans la cheminée. Lina s'était attardée. Tout était propre. C'était une maison simple et douce où il devait faire bon vivre. Ce jour-là, un calme l'avait envahie tout entière et elle s'était dit que ça devait ressembler à ça, le bonheur.

Aujourd'hui, la maison est partie en fumée et une part très ancienne de ce pays a disparu avec elle. Celle qui mieux que l'or protège du désespoir. Pour Lina, c'est une révélation. Pour la première fois, elle mesure l'importance et la fragilité de ce monde sensible, et ne s'en remet pas.

# 44

Restée miraculeusement ignorée côté français, la nouvelle de l'arrestation d'Amalia et de Graciane a traversé la frontière et fait le tour de Zugarramurdi. Le garde chargé de leur surveillance en est originaire, et il s'est empressé d'en faire la confidence à ses parents qui l'ont répété aux voisins, et ainsi de suite. La population est consternée, et le père Etchegoin, anéanti. Depuis l'arrivée de Pierre de Lancre, il suit les événements de près et redoute le danger que court son pays si la chasse gagne la région de l'abbé d'Urdax. Pour l'avoir côtoyé, il sait que l'abbé exploitera le filon des sorcières jusqu'à la lie, et que si personne ne l'arrête le peuple de Navarre espagnole le paiera très cher. Pire, l'abbé propagera la terreur aux plus hauts niveaux et le mal gagnera l'Espagne tout entière. Des précédents de cette même folie ont autrefois gangrené l'Europe plus vite qu'on ne l'aurait cru. Qui aurait pensé que cela puisse se reproduire à une époque dite éclairée ? Mais le père Etchegoin devine les signes avant-coureurs : l'arrestation d'Amalia est grave.

Il sait que, contrairement aux vieilles barbes du tribunal,

un certain Alexandre de Salazar, jeune inquisiteur du tribunal de Logroño, se méfie de tout ce que raconte l'abbé d'Urdax. Le père Etchegoin lui envoie un courrier sur l'état des lieux et le danger encouru.

L'émissaire arrive à Logroño en fin de journée.

– Je savais bien que ce d'Urdax tramait quelque chose ! s'exclame le jeune inquisiteur furieux en entrant dans le bureau du président du tribunal. Lisez, dit-il en posant la lettre sur le bureau. Cet abbé va nous entraîner dans des problèmes sans fin. C'est un tordu, je l'ai senti dès qu'il m'a tendu la main le premier jour. Trop moite sa main, trop molle.

Le président veut bien que le jeune inquisiteur rajeunisse l'institution, mais pas au point de la remettre en question sous toutes ses formes. Et il n'est pas prêt à entendre de nouvelles critiques sur l'abbé d'Urdax.

– Je vous laisse trois jours d'avance, lance-t-il à Alexandre. Après, deux autres inquisiteurs vous rejoindront et vous me ferez un compte rendu commun. Si la sorcellerie existe réellement dans le secteur de l'abbé, on avisera. En attendant, contentez-vous d'observer. Sinon je serai dans l'obligation de vous sanctionner pour désobéissance au Saint-Office. Ici, beaucoup vous attendent au tournant. Ne me faites pas regretter de vous avoir accordé ma confiance.

Alexandre de Salazar jure tout ce qu'il veut, et part sur-le-champ. Il sait ce qu'il lui reste à faire. D'Urdax est le mal, et le mal ne doit pas l'emporter.

# 45

La fin de la mission approche, au quartier général les hommes sont fébriles. Après ces mois de tuerie, de hurlements et de supplications, ils sont à bout. Certains ont été pris de convulsions, d'autres ont déserté et deux se sont jetés du haut de la falaise. De Lancre a mis cela sur le compte de leurs problèmes personnels, mais personne n'est dupe. La violence que ces hommes font subir, ils la subissent en retour. Ils sont abîmés jusqu'au plus profond de leur âme. Même les plus coriaces ont hâte de rentrer chez eux. Ils ne comprennent plus l'acharnement de De Lancre et ce bûcher qu'il vient de leur annoncer est le bûcher de trop.

La tension est palpable et dans cette atmosphère délétère, obsédée par la libération de Justinien, Murgui a joué de malchance. Les gardiens ont changé leurs tours de garde et se passent désormais le trousseau de clefs de main en main. Impossible de le voler. Elle les a surveillés quatre jours durant, mais à aucun moment ils n'ont failli, et le temps presse. Elle est là à s'interroger quand elle surprend le bourreau avec Pierre de Lancre dans un angle de la bâtisse. La conversation paraît houleuse. De Lancre parti, Murgui se dépêche d'aller trouver le bourreau dans l'espoir d'apprendre quelque chose.

– Qu'est-ce qu'il croit ? marmonne celui-ci. Préparer le départ, dans le même temps dresser le bûcher avec des hommes éreintés, et maintenant une pendaison ! Et je dors quand, moi ? Je fais comment pour le bûcher ?

Exaspéré, il n'en dit pas plus. Mais Murgui devine que Justinien va être pendu cette nuit. De Lancre a décidé de se débarrasser du problème au plus vite. Bien qu'elle n'ait aucune idée de la manière dont elle va s'y prendre, Murgui décide d'agir sans attendre. Un plan des plus sommaires se dessine dans sa tête. Libérer Justinien de toute urgence est la seule chose qui compte désormais pour elle. Cette obsession a anéanti celle de se venger. Libérer Justinien, c'est comme libérer Bixente. Elle n'anticipe rien et agit sans calcul. Elle ne songe pas une seconde qu'une fois Justinien libéré et Pierre de Lancre parti, pour elle la vie deviendra pire qu'un enfer. Le pays est exsangue. Ils sont des milliers à avoir souffert, des familles meurtries par centaines. Ils se vengeront. Peu lui importe, en elle tout est déjà mort. Il n'y a plus rien à tuer ou à faire souffrir. Voilà pourquoi tout est possible.

Le soir venu, elle se glisse dans le bâtiment du cachot avec une détermination aussi grande que sa totale impréparation. Munie d'une simple bûche, elle assomme le garde, puis attrape la clef dans le trousseau pour délivrer Justinien qui a assisté, sidéré, à toute la scène derrière ses barreaux. Un grand souffle d'air envahit le cœur de Murgui, le purifie et en chasse les noirceurs. Sa haine tout entière est balayée par la merveilleuse libération qu'elle vient d'accomplir. Justinien en reste muet de stupeur.

– Vite ! Il faut partir ! lui dit-elle en l'agrippant par la manche.

Il hésite. Est-ce un piège ? Quelles sont les motivations de cette fille ? Justinien sait qui elle est, et ce qu'elle a fait. Pourtant, il finit par la suivre. La nuit est belle, étoilée, s'il doit mourir, autant que ce soit au grand air ! Mais au moment où ils s'apprêtent à sortir du bâtiment, une silhouette de haute taille leur barre le chemin. Murgui retient un cri. L'homme va droit sur Justinien.

– Où tu vas comme ça ? lui demande-t-il en le prenant aux épaules d'un geste spontané.

Justinien n'en croit pas ses yeux. Il reconnaît celui qu'il a traqué pendant des semaines. Le passeur !

– C'est moi qui t'ai piégé en mettant des saloperies dans ta besace, reprend l'homme. Ordre de la vieille espionne et de ton juge. Ils ont voulu me liquider, mais j'en ai réchappé. Ça m'a ouvert les yeux. Je n'allais pas te laisser crever par ma faute. Je venais te chercher, je te devais bien ça !

Pour Justinien, la situation est tout simplement ahurissante. À tel point qu'il croit à nouveau à un piège et s'apprête à faire marche arrière. Mais à ce moment-là, le garde émet un grognement.

– Vite ! Partons ! lance Murgui. Si on reste là, on va se faire prendre !

Elle ne sait pas qui est cet individu, pas plus que lui ne comprend ce qu'elle fait là. Mais tous savent qu'il est urgent de fuir.

– Suivez-moi, dit le passeur. On va filer par l'Adour.

Des trois, aucun n'a quelque chose à perdre. Ils se dissimulent dans l'ombre jusqu'à ce que la masse sombre des bâtisses du quartier général se découpe au loin sur le bleu de la nuit. Le passeur a caché une barque dans les hautes herbes au bord de l'Adour. Ils y montent, il l'écarte des berges, elle glisse doucement sur les eaux, sans un bruit. L'homme rame d'un geste sûr. Justinien et Murgui devinent qu'il connaît les courants du fleuve par cœur. Il ne va pas vers l'embouchure comme Justinien s'y attendait, mais remonte vers l'intérieur des terres.

– On passera par la montagne, explique-t-il. En deux heures de marche, on sera en Espagne, et là on sera libres. On ne risquera plus rien… Le prêtre qui m'a trouvé à moitié mort après que le juge m'a fait poignarder s'appelle Iban. C'est lui qui m'a indiqué le meilleur endroit où passer pour éviter les gardes qui surveillent la frontière espagnole.

– Tu as été aidé par Iban ?

– Oui, et quand je lui ai raconté mon histoire et expliqué que je voulais te sortir du mauvais pas dans lequel je t'avais mis, il m'a recommandé de te dire que la fille dont il t'a parlé, Graciane, est vivante. Il la cache jusqu'au retour de Peyo, son fiancé.

Justinien a du mal à intégrer ce flot d'informations. Mais il vient de comprendre, bouleversé, que Graciane l'avait pris pour son fiancé, à cause de la cape qu'il portait lors de leur rencontre : dans leur nuit d'amour, c'est Peyo qu'elle aimait.

La barque s'éloigne de la ville. Le fleuve traverse maintenant la pleine campagne. On n'entend plus dans le silence que le chuchotement régulier des rames sur l'eau.

– J'ai massacré le jardin de la vieille, reprend le passeur. J'ai arraché ses fleurs, coupé ses arbres et ses arbustes. J'ai rempli sa mare de crapauds. Elle va avoir du mal à s'en remettre. C'est bien pire que si je l'avais étranglée !

Il éclate d'un rire nerveux. La vision d'Aimée devant son parc massacré lui fait un bien fou. Il s'est vengé, et malgré l'étrangeté de la situation, malgré ce qu'il vient de comprendre, Justinien ne peut se retenir de rire avec lui. Ils rient sans pouvoir s'arrêter. Murgui ne sait que penser. C'est alors qu'elle sent pour la première fois le poids de ses actes tomber sur ses épaules. Dévorée par sa vengeance, elle s'est laissé emporter par la pire des violences. Elle vivra désormais avec tous ces fantômes.

En moins d'une heure, les sombres bâtisses du quartier général et de la ville s'effacent avec son passé. Tout semble emporté par les eaux de ce fleuve qu'ils remontent à contre-courant. À chaque coup de rame, tout se dilue… Ils sont ailleurs, libérés du monde sordide laissé derrière eux. Justinien et Murgui regardent le fleuve et le ciel, et les étoiles dans les eaux. L'air de la nuit caresse leurs visages, l'espace autour d'eux est immense. Ils n'ont rien calculé, rien cherché, ils se laissent guider par ce passeur venu tel un sauveur inespéré. Murgui quitte la terre où Bixente n'est plus et Justinien quitte le monde qui l'a trahi. Quant au passeur, il a le sentiment, pour la première fois depuis longtemps, qu'il va enfin pouvoir vivre.

Ils n'ont plus d'attaches et ils devinent confusément que ce voyage en barque est un voyage sans retour. Ils partent malgré eux, mais ensemble, vers un nouveau destin.

# 46

Quand Pierre de Lancre fait chercher Murgui pour lui annoncer que sa guérisseuse va passer au bûcher, les gardes ne la trouvent nulle part. Ils découvrent, en revanche, la cellule de Justinien ouverte et son garde à moitié mort.

– Le prisonnier s'est évadé !

– Qui ?

– Le prisonnier, Justinien.

De Lancre ne comprend pas qu'on vienne lui parler de Justinien alors qu'il a demandé Murgui.

– C'est peut-être la Gitane qui l'a libéré, elle traînait dans les parages.

À la surprise du capitaine, Pierre de Lancre sourit. Justinien est libre et de Lancre ne voit aucune raison de faire le lien entre sa disparition et celle de Murgui. Si intervention il y a eu, il a la certitude qu'elle ne peut être que divine.

– Que s'est-il passé ?

– Le garde ne peut pas parler, on l'a méchamment assommé. Pas sûr qu'il en réchappe.

– Alors en attendant, trouvez-moi la Gitane.

– Impossible, lui répond le capitaine, les hommes sont tous réquisitionnés pour monter le bûcher.

– Débrouillez-vous ! Je la veux !

– Et pour le prisonnier ?

– Oubliez-le ! Je veux Murgui !

Murgui a cru le berner en protégeant la sorcière Amalia. Elle a failli. La punir est un geste de purification et de justice. Les nerfs de l'envoyé royal sont à vif. Le bien, le mal, tout s'entremêle. Il a de plus en plus de difficulté à discerner les choses. Pour échapper aux cauchemars qui le hantent depuis sa nuit passée avec Lina, il prie et se mortifie interminablement, en suppliant Dieu de lui pardonner.

– Ô Dieu plein de miséricorde, c'est le malin qui m'a envoûté, qui a pris possession de moi pendant cette nuit d'abomination. Pardonnez le pauvre pécheur que je suis et qui n'a péché qu'une seule fois. Seigneur, je suis votre serviteur. Par la force de la volonté, j'ai réussi à échapper au malin et je lutterai jusqu'au bout contre cette vermine démoniaque. Pour vous et pour notre roi !

Il est dans un état d'excitation extrême, mais le diable seul est coupable. Fort de cette rhétorique, sa volonté d'en finir s'en trouve renforcée. Il n'aura aucune compassion. La peur qu'il suscite a éloigné de lui jusqu'aux élites qui l'ont sollicité, et Murgui s'est enfuie. Le dernier bûcher le vengera et il leur prouvera à tous qu'après son passage, le mal sera éradiqué. La conviction qu'il a d'œuvrer pour Dieu et le roi le tient debout. Sans cette certitude, il se serait déjà effondré. Nul ne peut sortir indemne d'un voyage aussi sanglant que celui qu'il vient d'accomplir.

# 47

Avant de se rendre au monastère de l'abbé d'Urdax, Alexandre, le jeune inquisiteur du tribunal de Logroño, choisit de rendre visite au gouverneur de la province. Il se murmure que, depuis sa forteresse de Fontarrabie, l'homme sait beaucoup de choses. Il a sans doute un précieux informateur. Le gouverneur l'accueille cordialement et, fidèle à sa réputation, l'invite à sa table. Voir ce jeune inquisiteur enquêter sur les terres de l'abbé d'Urdax, dont il connaît toutes les vilenies dans le moindre détail, ne déplaît pas à l'Espia Mayor. D'Urdax, cet arriviste incendiaire, ne cesse de créer des problèmes, il est urgent de le calmer, songe-t-il.

– Si je comprends bien, vous venez de Logroño pour le plaisir de séjourner au monastère de San Salvador, réputé pour son charme et son hospitalité.

Alexandre sourit. Juan Velázquez n'est pas dupe. Autant parler franchement.

– L'abbé d'Urdax veut convaincre le tribunal de l'Inquisition que le danger de sorcellerie est en train de gagner la région et qu'il faut intervenir fermement. Or cela servirait surtout ses propres intérêts. Plus il y aura de problèmes dans son secteur, plus il pourra sévir et se débarrasser de ceux qui lui font de l'ombre. Je crains le pire s'il arrive à ses fins. Je viens donc sur place voir ce qu'il en est, mais j'ai hélas peu de temps.

Juan Velázquez est surpris. Alexandre, qui ignore être en présence de l'Espia Mayor en personne qui, par définition, est au courant de tout, vient de lui révéler le but de sa mission avec une franchise rare. Pour naviguer depuis des années dans un univers de chausse-trappes, de défiances et de soupçons permanents, où la vérité se monnaye et s'arrache, l'Espia Mayor a perdu l'habitude d'une pareille confiance. Touché, il décide d'aider le jeune homme au mieux. De la pointe de Bretagne au fin fond de la Navarre espagnole, et même au-delà, Juan Velázquez est informé de tout événement dans les heures qui suivent. L'arrestation de Graciane et d'Amalia sur dénonciation de Lina, le bûcher préparé par de Lancre, il sait.

– L'abbé d'Urdax est à l'origine de tout. Pour l'heure, tous ignorent que la guérisseuse a été arrêtée, le Français a réussi à garder le secret en la déguisant en homme. Mais attention quand ils l'apprendront !

– Qu'allez-vous faire ?

– Que voulez-vous que je fasse ?

– Vous connaissez le danger, vous pourriez tenter de le prévenir. En tant que gouverneur vous avez du poids, des moyens.

– Mais ce n'est pas mon affaire. Je suis gouverneur espagnol, pas français. Ce n'est pas parce qu'on a connaissance d'un problème qu'on a la solution pour le résoudre. Le

Français est déterminé à brûler ces deux femmes, et je n'ai aucun moyen de l'en empêcher. Je l'ai appris hier, le bûcher est pour ce soir. Il m'aurait fallu plus de temps pour lui mettre des bâtons dans les roues, sans certitude aucune d'y parvenir.

Alexandre est défait. Il imagine les dégâts, et la jubilation de l'abbé qui fera de grandes déclamations auprès des inquisiteurs du tribunal pour rappeler qu'il avait averti du danger, et obtenir dans la foulée qu'on lui donne les pleins pouvoirs. Le jeune homme quitte la table du gouverneur en le remerciant chaleureusement de ses informations, et rejoint à regret le monastère.

L'ensemble médiéval des bâtisses du monastère de San Salvador, massives, puissantes et hostiles, impose au cœur de la Navarre espagnole une présence sévère, inquiétante. Au moment de se présenter à la porte, il hésite un instant. Relevant la tête, il se dit qu'il ne ferait pas bon se trouver enfermé derrière ces hauts murs de pierre, loin de toute civilisation, entre les mains de cet abbé pervers. Mais il ne peut faire marche arrière. Lui seul a voulu venir. Le président l'avait averti que ce séjour ne serait pas une partie de plaisir : « À ce qu'on m'en a dit, les cellules des moines sont sommaires et la couche rude. L'abbé a des appartements confortables, mais je doute qu'il vous y invite. Vous serez logé au plus mal, il ne vous facilitera pas la tâche, vous vous en doutez. »

Le président était en dessous de la réalité. En accueillant Alexandre de Salazar, l'abbé n'a qu'une hâte, le voir repartir. Après un dîner frugal qu'il lui fait servir dans les communs et auquel il n'assiste pas sous prétexte de travail urgent, il envoie un moine boiteux le conduire à travers un dédale de couloirs, d'escaliers et de coursives jusqu'à un bâtiment exposé au nord, humide, et glacial. Le moine marche difficilement et Alexandre note que le monastère est désert. Il s'en étonne, mais le boiteux lui répond que les moines sont déjà couchés, les matines sont à quatre heures. Alexandre n'insiste pas. Au bout d'une traversée interminable, ils parviennent enfin à une porte que le moine ouvre à l'aide d'une grosse clef.

– Voilà, vous dormirez ici.

La pièce est minuscule et meublée d'un simple bat-flanc recouvert d'un matelas de paille.

– L'abbé vous fait dire qu'il n'a pas de couverture disponible. Les moyens du monastère permettent juste d'en acheter pour les moines. Les voyageurs sont rares, et ils apportent leur couverture.

Si Alexandre avait encore le moindre doute sur les intentions de l'abbé à son égard, cet accueil suffirait à lui dire ce qu'il en est. Loin du tribunal de Logroño, loin de tout, il mesure son isolement. Personne ne l'a vu arriver au monastère, à part l'abbé et le moine boiteux. Les communs étaient déserts quand il y a soupé, les couloirs et coursives aussi. Si on le tuait dans son sommeil, personne ne le saurait. Il suffirait de prétendre ne jamais l'avoir vu. Inquiet, il décide de veiller jusqu'à l'aube et de changer d'auberge dès le lendemain. Et pour éviter de se faire surprendre en plein sommeil, il déambule au hasard des couloirs jusqu'à se retrouver dans un cloître. De la galerie à colonnes, il découvre un jardin fleuri au centre duquel trône une fontaine de pierre qui fait entendre un doux murmure. Il n'imaginait pas un endroit aussi plaisant en pareil monastère. L'atmosphère est douce, et la température idéale. Mais il n'a pas le loisir de s'attarder, un pas chaotique qu'il reconnaîtrait entre mille se fait entendre sur la pierre. Le moine boiteux vient donner des coups de heurtoir sur une lourde porte de chêne, face à la colonne de pierre derrière laquelle Alexandre s'est rapidement dissimulé. L'abbé d'Urdax apparaît en chemise de nuit.

– Que se passe-t-il ?

– Un envoyé du gouverneur vient d'arriver. Il a chevauché dans la nuit et demande à voir urgemment le jeune inquisiteur.

– Que lui as-tu dit ?

– Que je ne savais pas de qui il parlait et que tout le monastère dormait. Mais il insiste, ordre du gouverneur.

L'abbé enfile aussitôt une cape sombre et suit le moine en grommelant.

– Maudit gouverneur ! Il n'a pas d'ordre à me donner et je vais le lui faire savoir.

Devant le monastère, le messager attend avec son cheval.

– Vous venez me réveiller en pleine nuit au nom du gouverneur pour je ne sais quelle affaire. Vous lui rappellerez que ce monastère n'est pas sous ses ordres mais sous les miens. Et de quel inquisiteur parle-t-il ?

– De moi, sûrement.

Saisi, l'abbé fait volte-face. Alexandre de Salazar les a suivis depuis le cloître, et s'avance. Le messager lui tend la lettre du gouverneur. Alexandre de Salazar la lit, et le retient :

– Attendez-moi, l'affaire est urgente, je pars avec vous.

Et s'adressant à l'abbé, qui a du mal à dissimuler une grande contrariété, il précise :

– J'avais prévenu le gouverneur de ma visite.

Une fois loin du monastère, Alexandre se dit qu'il a sûrement dramatisé la situation : il ne lui serait rien arrivé, l'abbé voulait sans doute juste le décourager. Mais une pointe de suspicion persiste au fond de lui, et il est soulagé de se retrouver loin de ses griffes.

# 48

Le père Etchegoin est déjà réveillé quand, à l'aube, Alexandre frappe à sa porte. Une crise d'arthrose particulièrement douloureuse lui a fait passer la nuit devant la cheminée à tenter de réchauffer ses articulations.

L'arrivée d'un inquisiteur de Logroño le surprend, mais l'homme ne lui laisse pas le temps de s'interroger et lui annonce d'emblée qu'Amalia va être brûlée le matin même. Le père est horrifié.

– Je le craignais. À force de braver cette Lina de malheur, ça devait arriver un jour ou l'autre. Mais cette fois la population va se révolter. Personne n'acceptera qu'on tue Amalia.

– Ils ne savent pas que c'est elle. Elle a été déguisée en homme. On lui couvrira la tête, à l'autre femme aussi, personne ne les reconnaîtra.

– Mon Dieu ! Quelle affreuse mascarade ! Il faut arrêter ça tout de suite, je vais…

– Restez là ! Que pensez-vous faire tout seul ? Un baleinier a été aperçu au large des côtes anglaises, il a passé la pointe du Raz et il est entré dans le golfe de Gascogne.

– Un baleinier à cette saison ? Vous êtes sûr ?

Alexandre confirme. Selon le message que le gouverneur vient de lui faire parvenir, le navire devrait accoster au port de Saint-Jean-de-Luz dans la matinée, à l'heure où les femmes seront conduites au bûcher.

– Leur arrivée peut tout changer. Il faut avertir la population, mais on n'y sera jamais à temps, même à cheval. Le messager, qui est un homme du coin, m'a dit que vous saviez siffler…

Le père Etchegoin le regarde, incrédule.

– Il m'a dit qu'en sifflant vous pouviez avertir les bergers d'une montagne à l'autre.

La langue des siffleurs pour transmettre une information : son grand-père la lui avait apprise sur les estives quand il était enfant… Hélas, il ne l'a plus pratiquée depuis des années. Il est loin de s'en souvenir. Alexandre insiste : il doit y arriver, il faut à tout prix avertir la population de l'arrivée des marins.

Du haut du coteau, face aux montagnes, le père Etchegoin tente alors de lancer un sifflement puissant, capable de passer les collines et les vallées, par-delà la frontière. Mais son souffle ne porte plus assez loin. Il a beau rassembler toutes ses forces et ses souvenirs, il manque de puissance. Il insiste encore et encore, jusqu'à l'épuisement. Aucun sifflement ne lui répond en retour.

# 49

La tempête a obligé le navire à remonter jusqu'au large des Cornouailles et à redescendre par la pointe du Raz jusqu'au golfe de Gascogne. Les marins sont restés éveillés dans la crainte d'une attaque de flibustiers dans ces eaux où le retour d'un baleinier représente une prise exceptionnelle. Personne ne peut imaginer qu'ils rentrent à vide.

Peyo a passé la nuit sur le pont. Quand il aperçoit enfin la côte basque, les larmes qu'il a retenues tant de fois coulent sur son visage. L'émotion le submerge. Sa terre, c'est sa vie. Il a pour elle un amour qui vient de très loin. Les embruns, l'entrée au port, la lumière, les maisons aux bois rouge sombre passés au sang de bœuf, tout le bouleverse. À l'avant, frémissant, il est prêt à sauter à quai pour retrouver Graciane, l'amour de sa vie. Tous les marins sont sur le pont comme lui. Ne sachant à quoi s'attendre, ils imaginent le pire. Leur inquiétude grandit encore davantage quand au fur et à mesure que le baleinier avance, ils découvrent les quais déserts. Sur le port d'ordinaire grouillant de pêcheurs et d'activité, pas un chat. Le navire progresse lentement, la manœuvre est difficile. À bout de patience, Peyo décide de se jeter à l'eau pour rejoindre le quai à la nage, quand un sifflement l'arrête net. Sur le pont tous les marins l'ont entendu. Le sifflement reprend, un autre lui répond, et un autre plus proche encore. L'appel du père Etchegoin a été entendu, les bergers l'ont repris et les marins reconnaissent la langue des siffleurs. Ils ne la parlent pas, mais elle résonne pour eux comme un avertissement. Ils comprennent qu'il se passe quelque chose de grave.

Paskoal appelle Amalia et Graciane qui ont disparu. Il crie leurs noms, mais son appel se perd entre les branches des grands sapins. La maison d'Amalia n'est plus qu'un tas de cendres qu'il fouille frénétiquement. Il soulève les bois fumants au risque de se brûler. Son cœur tambourine dans sa poitrine. Amalia ne peut être là, parmi ces débris. Si elles sont en vie, elle et Graciane, pourquoi ne sont-elles pas venues immédiatement chez lui ? La veille, Amalia est passée le voir puis a ramené Graciane chez elle pour tenter de la soigner avec des décoctions diverses, qu'elle ne pouvait toutes transporter chez Paskoal.

« Ne t'inquiète pas, lui a-t-elle dit. Je serai prudente, personne ne vient chez moi, personne ne la verra. On remontera demain. »

Pour la première fois de sa vie, devant ces ruines fumantes, le vieux berger s'effondre, démuni. Il a choisi de vivre loin des humains, qui se rappellent à lui de la pire des manières. Et il a beau en appeler aux nuages et au ciel, il ne trouve pas de réponse. Seuls les hommes peuvent lui en donner, mais s'il sait parler avec Tchakur et ses brebis, avec les arbres des forêts, Paskoal a oublié le langage des hommes. À force de s'en tenir à distance, il s'est mis à les craindre. Il lui faut pourtant revenir vers eux pour savoir. Alors sans attendre, il prend son bâton, appelle son chien et part.

Voilà des années qu'il n'est pas descendu sur la côte. C'est si loin dans sa mémoire qu'il s'en souvient à peine. Après une longue marche, il arrive en vue de la ville.

– À partir d'ici, dit-il à Tchakur, c'est un monde que tu ne connais pas et c'est un monde dangereux. Reste toujours près de moi.

Discipliné, Tchakur se colle à ses jambes. Paskoal veut se rendre à l'église d'Iban, mais tel un fleuve, une foule l'emporte vers une place noire de monde sur laquelle se dresse un énorme tas de bois. Deux condamnés sont attachés à un poteau, la tête recouverte d'un drap qui leur tombe jusqu'à la taille. On leur a laissé leurs pantalons et leurs sabots. C'est la première fois que Paskoal voit un bûcher, et c'est un choc. Il étouffe. À ses pieds, Tchakur manque finir piétiné. Paskoal le prend sous son bras et tente de repartir vers les ruelles pour échapper à cette foule qui lui fait peur, et qui devient toujours plus compacte. Mais telle une marée, elle le ramène irrépressiblement vers le bûcher.

# 50

À l'écart, de Lancre attend. Il arrivera quand tout sera en place. C'est sa dernière apparition publique, il veut marquer les esprits. Un garde lui annonce que l'heure est venue, tout est prêt. Les hommes sont en armes, les deux sorcières attachées au poteau, la foule se masse et le bourreau n'attend que son ordre pour allumer le feu. Le bailli est présent, ainsi que les personnalités de la province. Conscient de clore publiquement quatre mois d'une traque infernale pour laquelle il a mobilisé toutes ses forces, convaincu d'avoir œuvré pour la cause divine, Pierre de Lancre ajuste son armure et s'avance sur la place tête haute, prêt à affronter une dernière fois l'armée la plus démoniaque et la plus imaginaire qui soit.

En l'apercevant, la foule se tait. Dans ce silence absolu résonne soudain, au loin, un sifflement. Tous l'entendent, mais seul un homme le comprend. Paskoal.

– Les marins ! hurle-t-il. Les marins arrivent !

La rumeur passe des uns aux autres et c'est la stupeur. La foule se met à gronder, et Tchakur saute sur le bûcher. Il mordille le pantalon d'un condamné en aboyant comme un forcené. Il a reconnu l'odeur d'Amalia. Il tire tellement sur le tissu que le drap qui la recouvre tombe au sol. Tétanisée, la foule découvre sa guérisseuse. Un cri rauque s'élève :

– Amalia ! C'est Amalia !

Suivi d'un hurlement :

– Les marins sont là ! Les marins sont là !

Tout va très vite. Pour Pierre de Lancre, il est trop tard. Les marins fendent la foule, qui s'écarte devant eux en poussant des cris de surprise et de joie. Armés de leur seul courage, déterminés à mourir plutôt qu'à laisser ce bûcher s'embraser, ils se dirigent droit sur les hommes armés. Pris de court, déstabilisés par ces hommes qui arrivent sur eux, groupés telle une effrayante machine de guerre, les gardes n'ont le temps de rien faire. La résistance qu'ils tentent d'opposer est écrasée par le rouleau compresseur des marins basques de Terre-Neuve.

Défait, choqué, Pierre de Lancre court se réfugier au quartier général. Pour la première fois, il fuit. Il ne comprend pas d'où viennent ces marins. Ces hommes dans la force de l'âge qui n'étaient pas là pendant qu'il chassait les sorcières. Maintenant ils sont présents et leur démonstration est sans appel. S'attarder serait suicidaire. La folie meurtrière de De Lancre s'arrête où commence sa propre mise en danger. Il donne l'ordre de plier le camp. La caravane doit partir le plus vite possible. Ils voyageront de nuit s'il le faut, mais ils ne resteront pas une journée de plus. Pour la première fois, il a peur. Plus rien ne le protège, ni son titre ni sa prestance. Quand les marins apprendront qu'il a fait torturer leurs familles et condamné leurs femmes à la pire des morts, il ne donne pas cher de sa propre peau.

Il s'affaire dans son bureau à réunir tout ce qui lui appartient, quand la porte s'ouvre. Lina apparaît.

– Je me doutais que tu serais là, je voulais te revoir.

Il la dévisage avec mépris et dégoût. Elle le tutoie avec une familiarité déplaisante. Comme une sangsue, elle s'accroche sans fierté ni pudeur. Il l'insulte et la renvoie d'un geste brutal. Mais Lina ne bouge pas. Elle en a trop vu et trop fait. Elle n'est pas venue quémander l'aumône d'un semblant d'amour ou d'un simple remerciement. Elle sait qu'il va partir et qu'elle ne le reverra pas, elle n'a plus rien à perdre. Pendant ce court moment, il est à elle.

– Pourquoi devrais-je avoir de la fierté et de la pudeur ? Et qui es-tu, Pierre de Lancre, pour me traiter comme une fille de rien ? Toi à qui on a tout donné et tout appris de la beauté du monde ! Tu as eu la chance de voyager, d'étudier les livres les plus importants, tu t'intéresses aux sciences, à la littérature, tu côtoies des érudits, et tout ce que tu trouves à faire de cette incroyable richesse, c'est tuer et torturer ! Dénuder des femmes et les faire se tourner et se retourner dans tous les sens sous le prétexte de trouver le diable dans le repli de leurs chairs. Voilà à quoi te servent toute cette érudition et cette richesse, et ne crois pas que je sois dupe. Je n'ai rien appris des livres, mais de tous les hommes que j'ai connus dans ma vie, aucun n'était aussi dangereux que toi. Convaincu de posséder la seule vérité qui vaille et prêt au pire pour l'imposer. Sans émotion, sans regret, sans amour. Tu as tout, mais ce que tu n'as jamais pu atteindre, c'est ce merveilleux sentiment d'aimer. Comment cela est-il possible quand on a tant appris ? Je ne vaux pas mieux que toi, ce sentiment je l'ai gaspillé, trahi, sali, mais dans ma vie de rien, pour une fois je peux dire à un homme que je l'aime sans trahir et tromper, sans rancœur ni espoir. Et cet homme, c'est toi.

Pierre de Lancre a gardé en main le dossier qu'il s'apprêtait à ranger quand elle est entrée, et il l'écoute se déverser tel un fleuve qui déborde. Elle le toise, s'approche, il a un mouvement de recul, mais elle continue.

– Faut-il que jusqu'au bout le destin s'acharne. M'offrir à celui qui est incapable d'aimer… Parce que je t'aime, Pierre de Lancre, à en perdre le sommeil et le goût de tout ce qui n'est pas toi, à m'en étouffer, à ne plus rien vouloir au monde que cet amour pour toi. À me haïr de t'aimer !

L'envoyé royal est pétrifié. Sa gorge se noue, une émotion inconnue l'envahit tout entier. Il la fixe du regard, incapable de faire un seul mouvement, de dire un seul mot. On le croirait changé en pierre à jamais quand, brusquement, il quitte la pièce.

Par la fenêtre, Lina le regarde partir comme il est arrivé. Dans la brume avec ses cavaliers, casque de fer noué sous le menton tel un chef de guerre. Bouleversée, elle s'effondre à genoux. Il ne l'oubliera pas. Elle l'a lu dans ses yeux brillants. Quelqu'un l'aura donc aimée.

# 51

Le calme est revenu sur la place. Les marins sont épuisés, ce combat a pris leurs dernières forces. Après avoir délivré Amalia et Graciane, ils n'ont qu'une hâte, rentrer chez eux et retrouver leurs familles. Ils sont revenus pour protéger leurs femmes et leurs enfants, et il leur reste tant à comprendre. Sur la place déserte, le bûcher gît, désarticulé. Poussées, tirées dans tous les sens par les marins et la foule, les bûches ont roulé, et l'ensemble s'est effondré d'un seul coup.

Quand Peyo s'est jeté sur Graciane en hurlant son nom, quand il lui a pris le visage entre les mains et l'a embrassée à l'étouffer d'amour, quand elle a reconnu son odeur et le goût de ses baisers, elle a retrouvé la mémoire. Comme d'un voile qui se déchire, elle est sortie de la longue nuit qui la tenait enfermée et ses souvenirs sont remontés, intacts. Ou presque. Pierre de Lancre, la prison, le feu du bûcher, les tortures, son cerveau a tout effacé. De cette longue période vierge comme une page blanche, il ne lui reste qu'une image. Puissante et précise. L'éblouissant moment d'amour dans la clairière quand ils se sont aimés si fort.

– Ma Graciane, tu dis que j'étais là, que je t'ai aimée ? Dans une clairière, tu t'en souviens dis-tu, j'avais ma cape ?

– Oui. Je te revois blotti dans ta cape. C'était un miracle, je t'attendais tous les jours, je t'appelais et tu es venu. Je ne sais pas comment tu as fait, et je t'ai dévoré d'amour. Nous avons été si heureux. Sans toi, ce jour-là, je serais morte. Je n'avais plus la force de rien, tu m'as redonné la vie.

Stupéfait, Peyo l'écoute, perplexe.

– Tu sais, lui explique Iban, Graciane est passée par des choses si terribles qu'il faut espérer que jamais elle ne s'en souviendra. Et dans son esprit, il n'y avait que toi pour la sauver. Elle t'attendait si fort qu'elle t'a rêvé, et c'est ce rêve d'amour qui lui a donné la force de rester vivante. Dieu vous a réunis dans cette clairière. J'ai tant prié !

Ému, Peyo le remercie d'avoir protégé celle qu'il lui a confiée et de la lui rendre vivante, comme promis. Malgré tout, malgré les horreurs et la folie. Peyo ne sait rien des milliards de connexions inconnues qui régissent le cerveau et la mémoire des êtres humains, il ne comprend pas comment Graciane a pu le rêver et l'aimer si fort, mais il remercie ce mystère d'exister.

– Elle est méconnaissable, souffle-t-il, son visage est terriblement marqué, mais je l'aime tant que je ne vois qu'elle. Comme avant et pour toujours. Merci Iban, et ne t'inquiète plus pour son avenir. Je resterai près de ta sœur toute ma vie durant. Je vais semer cette nouvelle plante dont tout le monde parle, le maïs. Je ne partirai plus.

Comme si rien de cette fureur n'avait existé, Graciane et Peyo sont venus rendre visite à Iban dans son église, puis ils sont rentrés chez eux, enlacés et confiants. Rien n'a pu parvenir à briser ou seulement abîmer le lien qui les unit. *Tout passe*, a écrit Pierre de Lancre dans son essai sur l'inconstance. Parce qu'il a laissé son enfance mourir dans les vignes de Saint-Macaire, parce qu'il a vu les hommes mentir, se trahir et se perdre, Pierre de Lancre s'est convaincu que l'homme est mauvais. Que rien ne résiste à son inconstance et qu'il faut le discipliner. L'histoire de Graciane et Peyo affirme le contraire. Celle de Justinien, du passeur et de Murgui aussi ; celle d'Amalia et de Paskoal, de Tchakur ; celle d'Iban et du père Etchegoin, d'Alexandre, du gouverneur. Tous les êtres ne sont pas inconstants, tout ne meurt pas.

Il existe un fil invisible tendu dans l'univers au-dessus des nuages, et ce fil relie les êtres de bonne volonté qui traversent les tempêtes, résistent et avancent, convaincus du meilleur à venir.

# Épilogue

Rentré à Bordeaux fin novembre 1609, Pierre de Lancre mènera une vie confortable et sera récompensé pour le zèle avec lequel il a accompli sa mission. Il accédera au titre prestigieux de « conseiller à la Grande Chambre », la plus illustre du parlement. Considéré comme un grand démonologue, il publiera son livre sur l'inconstance, qui connaîtra un immense succès, et poursuivra sa carrière d'auteur. Quelques années plus tard, en 1612, Marie de Médicis le nommera « conseiller d'État ». Il mourra en 1631, à l'âge de 78 ans. Jean d'Espaignet restera son ami jusqu'au bout. Pierre de Lancre le désignera comme son exécuteur testamentaire.

Si Pierre de Lancre a tant marqué l'Histoire, c'est parce qu'en cent vingt jours à peine il a monté pas moins de quatre-vingts bûchers et brûlé quatre-vingts femmes sur un petit coin de terre. Sans compter les centaines d'arrestations et de tortures.

Cette chasse infernale ne s'est pas arrêtée là. De l'autre côté de la frontière, l'abbé d'Urdax a fait condamner onze femmes (cinq ont brûlé vives), et le recteur de Vera, admirateur de Pierre de Lancre, ainsi que l'inquisiteur Valle de Alvarado ont pris le relais. Le Saint-Office a inculpé et enfermé deux mille femmes dans ses prisons secrètes. La panique a gagné la région tout entière. Certains se sont indignés, comme l'évêque de Pampelune et l'inquisiteur Salazar y Frias, et la controverse a pris de l'ampleur. Dans son *Discours sur les sorcières*, Pedro de Valencia, humaniste de la Renaissance, a clairement pris position contre cette folie. Montaigne quant à lui a écrit que celles qu'on désignait comme sorcières relevaient plutôt de la médecine et qu'on devrait leur donner de l'ellébore plutôt que de la ciguë.

Un profond débat a opposé les tenants de la raison à ceux de la croyance, et un autodafé à Logroño a réuni plus de trente mille personnes. Le Saint-Office a mené une enquête qui a duré jusqu'en 1614. La controverse de Logroño a donné officiellement raison aux « sceptiques qui occupaient les postes décisionnels et imposèrent leur vision » (Carmelo Lisón Tolosana).

En cherchant bien, vous pourriez retrouver dans le personnage de Lina les traits de la terrifiante Maria de Ximildegui, dite Xi, sorcière repentie et délatrice, qui réussira contre toute attente à échapper à la vengeance et à se faire oublier. Tout comme Murgui pourrait ressembler à la véritable Morguy qui sévissait à l'époque. Quant à Aimée de Sault, il a fallu attendre trois siècles pour découvrir qu'elle était une espionne au service de la très catholique Espagne. Un personnage trop séduisant pour ne pas en faire une Aimée d'Artix.

Mes personnages sont librement inspirés de cet épouvantable drame à propos duquel l'anthropologue Carmelo Lisón Tolosana écrira que ces prétendues sorcières furent, quelques décennies après, en Espagne, au centre d'un grand débat « opposant le camp de la raison expérimentale et du logos, à celui du mythe et de l'imagination sans limite » (*Las brujas en la historia de España*, traduction P. Bravo).

## DU MÊME AUTEUR

LA BELLE CHOCOLATIÈRE, Flammarion, 2001, J'ai lu, 2014
LE BEL ITALIEN, Flammarion, 2003, J'ai lu, 2014
L'IMPÉRATRICE DES ROSES, Flammarion, 2005, J'ai lu, 2007
LA VILLA BELZA, Flammarion, 2007, J'ai lu, 2008
LA PASSAGÈRE DU FRANCE, Flammarion, 2009, J'ai lu, 2011
LA DERNIÈRE BAGNARDE, Flammarion, 2011, J'ai lu, 2013
SOUS LE TOIT DU MONDE, Flammarion, 2013, J'ai lu, 2014
JE SUIS DE CELLES QUI RESTENT, Flammarion, 2016, J'ai lu, 2017
L'HÔTELIÈRE DU GALLIA-LONDRES, Flammarion, 2018
GENEVIÈVE DE GAULLE. *Les yeux ouverts*, Calmann-Lévy, 2019

*Composition : IGS-CP*
*Impression : CPI Bussière en avril 2021*
*Éditions Albin Michel*
*22, rue Huyghens, 75014 Paris*
*www.albin-michel.fr*
*ISBN : 978-2-226-44646-6*
*N° d'édition : 23785/01 – N° d'impression : 2055781*
*Dépôt légal : mai 2021*
*Imprimé en France*